死なせてもらえない国・日本

八幡　宙（はちまん　ちゅう）

S
へ

この小説はフィクションです。

目次

目次

第二章　延命という名の老人虐待、国民皆保険の罪……61

第三章　アフリカ、医療の原点……157

第一章

南の楽園、きょら島の終末期の医療

† 南の楽園では幸せに死ねるのかな

　左手に海を感じながら古仁屋の町を貫いている県道をシバ崎方面へ車を走らせると、やがて海岸に切り立つ山肌を削り取った湾岸道路にはいった。開け放った車窓からながれる潮風が心地よい。左手には大島海峡の静かな海がひろがり大小の島々が点在している。海岸線に沿って大きなカーブをいくつか曲がると手安の町の波止場が眼下にひろがってきた。波止場と道路を隔ててダイビングショップ「きょら島リゾート」がある。ショップの中に置かれた長い木のテーブルに座ると、大きなガラス越しに見える波止場の向こうには、太陽を存分に浴びてかがやく海と島々が一望できる。「きょら」とは「美しい」という奄美大島の島言葉でこの青い景色を前にすると心が軽やかになる。まさに南の楽園だ。

　はじめは自宅の近くの海岸で素潜りをして奄美大島の海の美しさを知った。場所を選ばなくても色とりどりの生きた珊瑚が目の前に現れ、熱帯魚が泳いでいる。酸素ボンベを背負って潜るダイビングでは初心者でも一五メートルの水深を探索することができると聞き、この「きょら島リゾート」で初級のライセンスを取得した。

　八月も終わるその日の午後、僕は妻とダイビングに手安のショップを訪れた。通常のダイビングコースは午前からはじまるが、「きょら島リゾート」は午後からの潜りにも融通をきかせてくれる。僕は奄美大島の古仁屋にある奄美南部病院に勤務する医者だが、日曜日の朝も一時間程度の院長回診があるので午後からのダイビングは好都合なのだ。短期で派遣される研修医や、この島の海に憧れて訪れる派遣ナースにもここは人気があった。

僕らを乗せた船はゆっくりと旋回して大島海峡の海原へ出た。真っ黒に日焼けしたスリムな女性のインストラクターが船のハンドルを握り、白い歯を見せて、予定しているダイビングの場所を告げた。紗江という千葉県の人で、漁師の旦那さんが奄美の伝統的な追い込み漁にあこがれ、五年前に奄美に来たのだという。

「加計呂麻島に住んでるんですよ。明日は地域の運動会に出ないといけないんです」

潮風に髪を流しながら、紗江さんは笑顔で島の生活を説明してくれた。

「あとどのくらいいる予定ですか」

妻が日焼けしないようにタオルで頬かむりした顔をあげて紗江さんに聞いた。

「そうですね、ずっとここに住むかな」

「えっ、でもご両親とかいたら千葉に帰らないといけないんじゃないですか」

「二人の両親はここが気に入って来ちゃったんですよ。有機農法で畑やってますよ」

紗江さんの屈託のない顔に大きな笑窪ができた。

「へー」と妻は呟いて、流れていく島の海岸線に視線を投げた。

島の人は九州、本州、四国を内地と呼ぶ。差別の言葉だとも聞くが周りの人も患者も気にもせずに内地と呼ぶ。島に来てはじめて知ったのだが、奄美群島では江戸時代に薩摩藩がサトウキビの過酷な搾取を行った。第二次世界大戦前からカトリック教徒が迫害され、戦後は一九四五年から一九五三年までアメリカの占領下におかれた。ところが沖縄より一足早く復帰したことが災いして一九七二年の沖縄の日本復帰まで、奄美の人には日本人としての税金が重くのしかかり、沖縄での仕事も難しくなり、かえって苦しい生活を強いられたのだ。そのような苦難の歴史は、この美しい海につつまれた、やさしい島の人々、天真爛漫な子どもたちを見ているととても本当に起きたこととは思えない。豊かな自然に包まれて人々が幸せに長生きをする南の楽園で、インストラクターの紗江さんの家族のように内地を離れてここの美しくのんびりした生活に憧れてやってくる人も多い。僕の外来にも退職後に移住した人が顔を輝かせてときどき訪れる。この楽園で幸せに生きるという幻想が、僕のなかに島の人は幸せに死んでいくという虚構をつくりあげたのかもしれない。

海岸線には緑におおわれた山がつづいている。二〇分もすると波に削がれた山が岩肌を露わにし、洞窟が見えてきた。離れ小島が海岸と岩でつながっていて観光客がカヌーに興じている。海岸線は弓なりにのびる砂浜に変わり、白いサンゴ礁の塀の向こうにはのどかな集落がみえる。船は沖合のブイの浮かんでいるところで止まった。ブイはダイビングのポイントでそこに結わえられたロープをつたって海中に潜るのだ。

海底には肌理《きめ》の細かい砂が一面にひろがっている。今日の海は透明度が高く一〇メートル以上先の景色も見ることができる。

水深一二メートルの白い海底を進むと子どもの城のような大きいサンゴの群生があらわ

れ、大小様々な色とりどりの魚の群れが泳いでいる。サンゴの城の中ではイソギンチャクのような生物が体をくねらせ、小さな黒い縞模様が鮮明な熱帯魚が棲息していた。子どもの魚もいれば少し大きめの魚もいて、まるで家族が仲良く住んでいるようで微笑ましい。ひときわ大きな黒い魚がゆっくりと目の前を過ぎ去っていく。このサンゴ城の秩序を守る長老にちがいない。まるで竜宮城に来たようで地上での煩わしい出来事を忘れさせてくれる。

ゆっくりとブイから海底に下ろされたロープをつたって、吐き出す水泡よりもはやくならないようにのろのろと海上にあがり、船の上に重い酸素ボンベをおいた。

陸には白い浜辺が広がり防波堤の向こうに集落が見えた。いま目にしたばかりの海底のような和気藹々とした家族がよりそい共存していくさまが見えるようだ。この島の地名は漢字が容易に連想できないためか覚えにくく、紗江さんが手安の波止場で口にした名前が思い出せない。

「なんていう集落ですか」

「嘉鉄ですよ」

「カテツ……」

「そう嘉鉄」

「聞いたような名前だけど」

「ほら、宙さんの病院からヤドリ浜に行く途中にあるところよ」

妻が頬かむりの顔をこちらに向けてヒントを与えた。

「ホノホシ海岸の近くかな」

「そこまで行かないけど、ほら、大きな運動場があるでしょ、そこを越えたところよ」

あの集落だ。県道から海岸のほうへ入る小道があり、きれいな白浜を背にして立つと、こじんまりとした家屋が並ぶ集落が目にはいってくる。

僕はそこで島の美しさに引きずられて思い描いていた、人々が家族に囲まれて長生きをして自宅で幸せに死んでいくという幻想が打ち砕かれる経験をしたのだ。

✝ ぽっくり逝ける人はいいねえ、千寿さん満足ですか

それは六月の出来事だった。

病院の横の山から蝉時雨がにぎやかに聞こえてくる暑い日だった。院長が不在で僕は外来の診察室で患者をみていたが、病棟から呼ばれることも多く、外来との往復を何度か繰

り返すうちに素肌に着た緑の術衣にうっすらと汗が滲んでいた。

シャーカステンに胸のレントゲン写真を貼り、カルテのページをめくって、はじめて対面する患者の診療の準備をしていた。つぎつぎと医者が変わる離島医療の特徴なのかもしれないがカルテに診断名が抜けていることも多く、投薬の種類と検査結果から疾患を推測し問題を把握することからはじめなくてはならない。

僕の名は薬師寺宙、五〇歳、もともと小児科の医者なのだが、離島医療をやりたくてこの島に見学に来た。すぐにでも来てくださいと言われて赴任したのは二カ月前のことだった。内科の患者がほとんどで、その多くは老人だ。長寿の島としても有名で、九〇歳を越えた老人が外来に一人で歩いてやってくる。高血圧、脂質異常症、糖尿病は多いが、この美しい島の何が不満なのかうつ病や不眠症も多い。小児科では見ない病気や薬に慣れるために、看護師や薬剤師や研修医をつかまえて教えてもらうというあわただしい日々を過ごしていた。

「薬師寺先生」という声に、顔をあげると大きな窓から光を受けて事務の大久保さんが立っていた。大久保さんは大きな体を直立させ、実直で律義な人柄がただよっている。

「古仁屋警察署から電話がありまして、検死をお願いしたいとのことですが」

「……検死」

「院長がおりませんので、時間はいつでもよろしいとのことですが」

「検死ですか、やったことないですね」

「先生も訪問で診られた患者さんです。嘉鉄の浜千寿さんという九四歳の方で、今朝近所のかたが発見し古仁屋警察に連絡されたそうです」

「古仁屋警察か、いやだなあ。妻は海の駅の近くのだだっぴろい道を迷っていたら、いきなり警官が九人やってきて一時停車違反で罰金とられたんですよ。九人ですよ。車なんて一台もなくって、人一人通ってないところですよ。標識なんて必要のないところに作って、おまけに高くて見えにくい位置だっていうから小遣い稼ぎですよ。警察は人を助けるのが仕事でしょう。道を教えてあげるのが職務でしょう。弱いものにつけこんじゃいけません」

「いつもは院長が行かれているのですが。外来の空いた時間で何時でもよろしいですので」

大久保さんは汗をかきながら直立不動の姿勢を崩さず、本題からずれない。

「交通取り締まりは、ハブより怖い古仁屋警察っていうらしいですね。実は鹿児島県警から来てる連中がたちが悪くって、古仁屋の警察官はそんな非人道的なことはしないって聞きましたけど」

「では、先生の診療が終わった頃でよろしいですので声をかけてください」

「医者の仕事は生きている患者を治療することで、死んだ人は葬式坊主の仕事じゃないですか」

そう言おうとしたが大久保さんはすでに踵をかえしていた。

一二時半に白衣のまま大久保さんの運転する車の助手席に乗り込んだ。

「訪問で薬師寺先生も診られた患者さんですよ」と大久保さんは外来での言葉を繰り返した。

この奄美南部病院は奄美大島の南部地域をカバーしていて、診療所やさらに離島の小島から紹介される患者さんたちがやってくる。しかし病院に来ることができないお年寄りには、定期的に病院から自宅を訪問して診察をしている。僕も週に一度は看護婦の田畑さんの運転する車の助手席に乗って自宅を訪ねている。大久保さんは僕もその患者さんを訪問診療で診たというのだが、奄美は同姓が多く浜千寿が誰なのか思い出せない。

大久保さんの運転する車は、病院の前の県道を左折して山道をしばらく走ると平坦な道に出た。やがて嘉鉄の集落につき県道を右折して海辺の道へでると見覚えのある風景があらわれた。道脇の木陰に車を止め、車外にでると波の音が聞こえ日輪を浴びた白浜と紺碧の海がひろがっている。まばゆい光景に見惚れる間もなく踵を返して大久保さんについて歩く。それは確かに二週間前に訪れた場所だった。

家々の間を流れる小川の狭い川沿いを歩いた。コンクリートの板が川の上を覆い両脇の家をつなぐ懸け橋になっていて近所のつながりの強さを思わせた。透き通った水が川底を洗うようにサラサラと流れ、子どものころに遊びまわった故郷の家の近くを流れていた川を思い出した。

低い生垣で作られただけの門とも言えない門を通り、玄関へとつづく小路には草木が清楚な花を咲かせている。玄関の周りには近所の人が数人いたが、僕らを認めるとさっと空間ができた。大久保さんを残して一人家の中に入ると湿った熱気が身体を包んだ。襖を締め切った奥の間に通された。畳の間には老婆が全裸で横たわっていた。見覚えのある顔だった。咲きはじめたハマエンドウの花弁のような深紅の死斑が遺体には浮かんでいて今更死亡確認の必要などないように思えた。

青い上下の制服を着た二人の警察官がいて僕をみとめると、「よろしくお願いします」と頭を下げた。

「薬師寺先生も診察されたようですね」とカルテを渡された。

カルテを開くと自分の筆跡が目に飛び込んだ。確かに僕は、二週間前の火曜日、看護婦の田畑さんとともに、この家を訪れ訪問診療を行っていた。患者の訴えを最初のSの項に書くのが決まり事だが、そこに千寿さんが口にした言葉を僕はそのまま記載していた。

「ぽっくり逝ける人はいいねえ。ぽっくり逝きたいね。何も苦しむことがないからねえ」

そう言って笑った彼女の言葉が鮮明に蘇った。僕は写真が好きで訪問診療の日にはカメラを持ち歩くのだが、ファインダーに彼女の屈託のない笑顔がひろがったのを覚えている。その彼女が畳の上に大往生している。両手を広げ、右足を「く」の字にして横たわる千寿さんの顔は確かにシャッターの中で笑った彼女だ。

三〇を少し超えたくらいの陽にやけた精悍な顔つきの警察官が状況を説明した。

「今朝九時ごろ、近所の方が来られたそうですが、呼びかけに返事がないので家の中に入ったらトイレに座ったまま倒れているのを発見され、すぐに一一〇番に電話が入ってます。死亡推定時刻は、死斑の具合から見て……」、警官は検死の要点を書いた手帳で確認した。

「一二時間くらい前でしょうか。午後一〇時としときましょうか」

　検死は初めてで好奇心も手伝ってここまですいすいと来たのだが、襖を締め切った部屋は冷房はもとより扇風機も回っておらず、むし暑く、汗がじわっと噴き出してくる。何よりも全裸で横たわる老婆とこの間言葉を交わし、彼女が口にした願いが現実になったようで何となく居心地が悪い。はたして千寿さんは苦しむことなくポックリと最期を迎えたのだろうか。死人に口はないのだ。もはやそれを知るすべはない。

「僕は何をするのですか」

「死因は何でしょうか」

「心不全でいいんじゃないですか……」

「死因を裏付けるものはありますか」

　心不全になった原因があるのだから心不全を診断名にするのはやぶ医者がすることだと聞いたことがあるが、急変した時の目撃者もなく診察もされずＣＴもとれない状況で、原因が分かるはずがない。心筋梗塞と書く医者が多いが、それだって確率が少しばかり高いだけで証拠があるわけではない。

「心臓の薬が処方されていますし、定期的に心電図と」僕はカルテをめくって前回の入院の情報や検査の結果に目をとおしながらつづけた。内科の医者というのはどうしてこうもカルテに何も書かないのだろう、死因を読み解くのは難義だ。

「心電図と胸写に心エコーも定期的に検査されてますね。夜間、トイレで亡くなる方は多いですし、心不全でいいと思います」

「他の死因は考えられませんか」

脳梗塞や脳出血の可能性はもちろんあるが、検死の手順に忠実なこの真面目な警官の前で口にすると面倒になりそうだ。

「首の回りもきれいだし、絞められたあともないようですし、打撲の跡もありませんね」

僕は脳卒中の鑑別にふれず話を進めた。

「そうですね。他殺もありませんね」

警官は立ったまま手にした書類の項目を埋めていく。

「あとは何をすればいいのですか」

「脳脊髄液を採っていただけますか」

遺体の後頭部から頭蓋に向けて長い針を刺して、脊髄液を抜いて、血液が混じっていないかを確認するのがルーチンの検査というのだが、そんなアプローチをやったことがない。もう一人の若い警官がバッグの中から手袋を出し僕に渡した。病院でいつも使っている清潔な手袋と同じだった。

千寿さんの体を横向けにし、警官の指さす場所に針を刺して髄液を採取しようとしたが、頭蓋骨に当たってなかなか針が進まない。こんな検査にどれほどの意味があるのか分からないが、いつもやり慣れているように、刺す位置を変えて腰から髄液を採ろうとしたが、液体は一滴ももどってこなかった。汗が玉のように落ちて術衣はびしょびしょになった。

「とれません」というと、警官は「そんなこともあります」と言ってくれた。

「では採血をお願いします」

上腕に駆血帯をまくときに冷えきった体温が湿っぽく手袋を介して伝わってきた。静脈は見えているというのに循環が止まって約一二時間経った体内から引けてくる血液はわずかだった。黒い血液を渡すと、若い警官はクーラーにそれをいれた。

「お忙しいところありがとうございました。また、書類が行くと思いますのでよろしくお願いいたします」

二人の警官は深々と頭を下げた。

僕は畳の上の千寿さんに合掌し、頭を下げて部屋をでた。

眩しい光に向かって玄関にでると、近所の人が内地に住む息子さんか親族の人に電話をしているのが聞こえた。「ずっと一人暮らしでね、ご主人も五年前に亡くなって、前の日の夕方に来たときには元気にしていたのにねえ」

長寿の多い奄美大島には一人暮らしの老人が多い。病院に通うことができない人もいて、訪問診療でそんな老人の家を回る。最期は自宅で自然に死にたいという願いはあるのだが千寿さんのように自宅で亡くなることのできる人は少ない。ポックリ逝かない限りは、状態が悪くなって病院に搬送され、病院で亡くなることになる。内地から来た僕のような人間は、「きょら島」の人たちは命を神様からさずかり神のいる自然に帰るという物語のような死生観を信じたいのだが、最期は病院で死なせてほしいという家族が多いのが実態だった。

潮風を切って船は手安の港を目指して走る。天候はいつのまにかくずれ小雨が降ってきた。周囲の島々の緑は雨にぬれている。加計呂麻島の緑には紅葉のように赤い色が混じってきれいだ。

「あれは松食い虫ですよ。見た目は紅葉みたいだけどね」

紗江さんが言った。

「ずいぶん広範囲ですね」と妻が言った。

「そう、すごい勢いで広がっていますよ。来年には加計呂麻の松は全滅かな」

「コンクリートの道なんかつくらなくて、森林保全にお金を使えばいいのに」

妻の言葉に僕は応えた。

「そうだね。加計呂麻にあんな道路なんていらなかったんだ。仕事がないからって公共事業ばっかりやってたみたいだけど、もっと自然保護や農業にお金を使ってほしいよ。でも島の人は松がなくなっても、ほかの木が島を覆うっていってるね」

「自然はすごいなあ」

妻の視線は離れていく加計呂麻島をじっとみつめていた。

浜から流れてくる風のなかに、僕は自宅で亡くなった千寿さんの言葉が聞こえるような気がした。

――ぽっくり逝ける人はいいねえ。ぽっくり逝きたいね。何も苦しむことがないからね。

千寿さんは自分の死にかたに満足しているのだろうか。元来は小児科が専門で、自宅で亡くなった老人にはじめて対応した僕には答えがでてこない。これから内科医としての経験を積んで多くの人たちの臨終に立ち会っていけば、鬼籍に入ってしまった彼女の答えが聞こえてくるのだろうか。僕は浜風に耳を澄ました。

✝「願い」をかなえてあげたベテラン内科医

僕は今年の四月から奄美南部病院で働いている。奄美大島の南部、瀬戸内町の住民の命を守る地域の中核病院だ。六〇床の病院だが、外来で診るお年寄りや入院している患者さんから「自宅で死にたいね」という声をよく聞く。この言葉の裏には「家族に見守られて」という声が隠れているのかもしれないが、独居の老人が多く、ぜいたくな望みなのかもしれない。自然と終末期の医療、人生最期のあり方について考えさせられるようになった。

奄美大島のさらに南に点在する加計呂麻島、与路島、請島などの有人島も瀬戸内町に含まれ、それらの島々の診療所で治療のできない救急の病人も消防の救急艇で大島海峡を渡りこの病院に運ばれてくる。

町の人口は一九七〇年には一万七千人を超えていたのだが僕が赴任した二〇〇九年には

一万人。人口減少の原因は奄美には働き口が限られていて若い人たちが島を出ていくためだ。その結果、残された一人暮らしのお年寄りが多い。集落では毎日住民が独居老人宅を見回って無事を確認している。千寿さんのような死亡も早く発見され、都会のマンションで一週間、一カ月と放置されるような孤独死にはならない。

院長は南先生で、温厚でユーモアあふれる人だった。吹けば飛ぶようにやせていて、「私が患者さんにメタボはよくないですよ、といってもあまり説得力がないんですよ」と快活に笑って周囲を和ませる。なによりも心根のやさしい人で、それがスタッフの信頼を篤くし、研修医に慕われ、患者たちは南先生に診られて死ねれば本望と口にした。

僕はもともと小児科医だが国際協力の現場や大学院で仕事をして臨床を離れていた期間が長かった。四十代も終わりに近づき臨床復帰を思い立った。医師不足に悲鳴をあげている日本だが、臨床を離れて久しい中年の医師が一からやり直そうと思ってもなかなか受け入れてくれる病院は見つからなかった。

どうしたものかと思案していたが、ふと大学の小児科医局が同じ笹栗先生から送られてきた海と太陽でいっぱいの絵葉書を思い出して連絡をとったのだ。笹栗先生はラサール、九大医学部という絵にかいたようなエリートなのだが、福岡の民間病院が赤字で閉院となったのを機に南部奄美病院の非常勤医となった。福岡から飛行機で通勤し週三日の勤務をし、残りの日は趣味のフルマラソンのトレーニングや大会出場を楽しんでいる。僕ら医局の同期の中では、医者一色のライフスタイルを早々に変えた先駆者だった。

奄美南部病院は医療界の異端児といわれた徳山一郎の徳山グループの病院のひとつで、ほかの病院と違って細かいことをガタガタいわない。笹栗先生を訪ねて病院見学に来たが、よほど深刻な医師不足だったようで、歓迎される形でその場で就職が決まった。

ベテラン内科医の白口先生は北海道出身、四十代の女医さんで独身、スタイルのいい美人だ。函館で開業している父親の病院を継ぐ前に、学生の頃の夢であった離島での診療のために赴任してきた。循環器が専門で腕はなかなかのものだ。医者はそのほかは三カ月ごとに派遣される二名の研修医がいたが、中には彼女を連れてくる先生もいた。

住居は病院のある古仁屋から峠を越えた阿木名という伊須湾に面した静かな町にあった。海から運ばれてくる風が心地よく、浜に立つと左手には緩やかにくだる山道に時おり車の影が見え、正面には伊須湾の穏やかな海面に浮かぶ小さな島々が孤影を漂わせている。晴れた日の海は海底が透けるほど透明な淡緑色に揺らぎ、日光を受けた山腹の緑は明るく、澄みきった青空にはくっきりと白雲が浮かぶ。

赴任して五カ月が過ぎた。

九月某日、深夜に電話が鳴った。心のどこかで予期していたことで躊躇なく受話器に手が伸びた。病院の事務当直の声を聞きながら安堵に似た気持ちがひろがっていく。

受話器を置いてベッドの上に起き上がる僕に妻が声をかけた。

「どうしたの」

「患者さんが亡くなった」

「――そう、行かないとね」

「髪はいいかな」

「そのままでいいよ」

高齢やがんの末期の患者さんの死は珍しくはない。僕が受け持った患者さんはひと月にだいたい一人か二人が亡くなった。この病院は死亡確認を主治医が行っている。

家を出て車で病院へ向かった。家の前の路地を抜けて国道五八号にでる。鹿児島市から種子島を経て奄美を縦断し、沖縄県那覇までつづく八五七キロの日本でもっとも長い、海上国道だ。右折しアクセルを踏んで一気に坂道をのぼり、地蔵トンネルを抜けると車は病院のある古仁屋へ鋭い角度でくだっていく。腕時計の針は深夜の一時二〇分を指していた。大きなカーブを左に曲がると右手に月明かりを受けた古仁屋の町が仄白い。

こんな時間にトンネルを越えるのは初めてで、漆黒の闇を予想していた僕には意外な風景だった。まだ消えない家屋の明りがぽつりぽつりと灯っていて町が静かに呼吸をしているようだ。


病院に着いて二階の医局に行くと電気が半分だけついていた。窓際のハンガーに掛けておいた白衣を着て、聴診器を首にかけ、三階病棟への階段をのぼった。

ナースステーションの隣がＨＣＵと呼ばれる重症患者の病室で六つのベッドが置かれている。田島さんのベッドはＨＣＵに入ってすぐ左にあり、昨日、一般病室から移されたばかりだった。うっとうしいのか酸素マスクを頻繁にはずすので血液酸素濃度がさがって危険だというのが理由だった。

ナースステーションに人影はなく、HCUには当直の白口先生が立ち尽くしてベッドの上を見つめていた。彼女の華奢な肩はポキンと今にも折れそうに見えた。看護婦の玉ちゃんと津川さんが遺体を清拭し、死化粧をほどこしていた。田島さんの奥さんの真実さんはベッドから少し離れたところの椅子に座って泣いていた。

「あらっ、宙先生」

白口先生が振り向いた。さわやかな声だが彼女の目はウサギのように真赤だった。

この先生は死を目前にした患者と話すため、こまごまとした処置のため、家族に病状説明するために頻回に病室に通う人だが、部屋を出てくるときは必ず重石を載せたように肩をおとしている。彼女の目がウサギのように赤いときは、患者と家族にどのような死を選択するかを話し合ったあとであり、患者が死んだときだった。

背中を丸め壁のほうを向いてかたくなに僕らを拒絶していた田島さんの体は、こんな姿勢ができたのかと驚くほど真っ直ぐにのび、仰向けに横たわっている。大嫌いだった点滴が外されたやせ細った体には洗いたての着物がよく似合い、どことなく自由を勝ち取った安らぎと解放感がただよっている。唇と頬に玉ちゃんが描いた紅の効果なのか、昼間の苦悶に満ちていた表情が消え去り、ささやかな生気が宿っているようだ。いったいどんな魔法の化粧をほどこしたのだろう——、束ねた豊かな髪をうしろに揺らし、たんたんと作業をすすめる玉ちゃんのサーフィンで海焼けした横顔には優しさがにじんでいる。

酸素マスクを何度も外した田島さんの両手は胸のうえで組まれている。名瀬の県立病院に搬送する前に、少しでも楽にしてあげようとたまってきた胸水を抜こうと説得する僕を八二歳とは思えない力で押し返した手だった。「今は何をいってもだめですね、やめときましょう」。担当ナースのフクちゃんが熱くなった僕を冷静に諭してくれたのは一カ月前のことだった。

僕は手をのばした。ひやり、氷のように冷たい手だ。

「宙先生、二酸化炭素がたまってきてナルコーシス（昏睡状態）でした。最期は穏やかで苦しむこともありませんでした」

白口先生の声には鈴のような音色がある。

彼女が言うように田島さんの顔は安らかだった。

ナースステーションにもどってカルテを開いて看護記録を読んだ。起こったことを時系列に具体的に記載されていて情報量は多い。田島さんは夜に入っても昼間と同じようにマスクをはずしつづけ看護婦を悩ませていた。七時に当直の白口先生が採血した血液ガスは二酸化炭素八〇と上昇していた。治療のために酸素マスクははずされ〇時四五分に静かに永眠した、と看護記録には記載されている。

僕は理解に苦しんだ。

この状況で考えられる治療は人工呼吸器につなげることだ。人工的に呼吸数を増やして二酸化炭素を飛ばせば患者は回復する。しかし田島さんは延命を望んでいなかったので人工呼吸器は使えない。二酸化炭素ナルコーシスのときには酸素濃度をあげてはならない。呼吸中枢は酸素に反応して呼吸数を減らし、二酸化炭素がさらに蓄積され脳死に至るからだ。酸素を少量投与しなくてはならないが酸素を切ってしまえば呼吸不全が進行する。

小児科出身で内科の経験、とくに末期の患者の経験が乏しい僕には白口先生のいう治療が即座に理解できなかった。治療というのならば低酸素であって酸素を切ることではないはずだ。

小児科では患児は助けなくてはならなかった。入院した患児はどんなことがあっても死なせない、という立場に立つのが基本だった。ただ一度だけ例外を経験した。大学病院の研修医のとき、呼吸筋を含む体の筋力が衰えていく原因不明の病気にかかった五歳の患児を受け持った。もはや歩くことはかなわず、両手も満足に動かずにベッドに横たわる少女の窓際には翌年の小学校入学に備えた新品のランドセルが置かれ、その横には三歳の七五三のときに撮ったのだろう、着物を着て背筋を伸ばし、両手を膝の上に組んで椅子に座っている写真があった。薄い化粧で唇に紅をさしたその子はとても綺麗で、ベッドの上に横たわる少女だと分かるまで時間がかかった。発病はその写真のあとで急速に進行して病院を転々とし、ついに最後の砦である大学病院への紹介となった。今思えば痛いことをする白衣の僕が嫌いだったのだろう、主治医の僕には声もかけてくれない愛想のない子どもだった。原因はわからず日ごとに呼吸が弱り酸素は最大量に達し、このままでは余命いくばくもないところまできた。指導医や先生たちの間では、気管切開をして人工呼吸器につないではどうかという意見がでて小児科の教授に相談に行った。

教授はいつにも増して厳しい顔で指導医を正面から見据え、そして口を開いた。

「医者が病状と治療法を患者へ説明したのちに、患者が治療を選択することになるが、多くの場合、医者の望む治療法を患者さんは選ぶものです。医師が感情に流されてはいけない。今の日本では人工呼吸は一度始めたらたとえ本人や家族が希望してもやめることができないのです。徹底的に客観的にデータを整理したうえで家族へ説明してください」

怖いとばかり思っていた教授に尊敬の念を持った一瞬だった。

その少女は気管に穴をあけることなく人工呼吸器につながれることなく死亡した。苦しかったのか、それとも不安だったのだろうか、臨終のまえに初めて主治医の僕を呼んだ。病室に行くと、筋力の衰えた首を動かして鼻を宙に向け、空中の酸素を求めるようにして少女は息を引き取った。

しばらく田島さんのカルテを見ているうちに、胸にかかっていた霞がいっきに晴れたような気がした。白口先生は「治療」と書いてはいるが、彼女は田島さんの「願い」をかなえてあげたのだ。

二〇年間、臨床にどっぷりつかり、数えきれないほど患者の死を見てきたベテランの内科医は、嫌というほど患者がどのように死んでいくかを経験しているはずだ。終末期のマニュアルがなく人工呼吸もやめることのできない日本で、苦しむのは患者と家族と主治医だ。今を乗り越えて希望があるのなら話は別だ。白口先生は僕が夏休みのときに短期間だが田島さんの主治医になっていた。希望や生きていく意味がないのならば、毎朝、田島さんが回診でみせる苦悶に満ちた表情にもどしてはならない、彼女はそう考えたに違いない。酸素を最大にあげて二酸化炭素をさらにためて眠ったまま逝かしてあげるか、それとも酸素を切って低酸素をすすめれば希望のない苦しみから一刻もはやく解放させてあげることができるのだ。

ナルコーシスのときに酸素を上げると担当のナースから必ずそれでいいのかと質問される。仕事に忠実なナースなら医者の治療ミスで患者を殺したと報告されかねない。誤解を避けるために二酸化炭素ナルコーシスの治療に医師自ら酸素を切る、責任はナースではなく主治医が背負う。そんな終末期の治療があったのだ。僕はようやく白口先生を理解した。

椅子をくるりと反転してＨＣＵを見ると、白口先生はさっきとまったく同じ姿勢でベッドサイドに立ち、田島さんの顔を静かに見つづけている。彼女の背中がとっても小さく見える。普通なら当直医は死亡確認をおえて当直室に戻り、深夜帯にいつ来るか分からない救急患者の診療に備え少しでも仮眠をとるものだ。なのに冷たくなった田島さんのベッドサイドに彼女は立ちつづけ、死化粧のほどこされた彼の顔を見つづけている。当直の彼女に負わせた精神的な負担の大きさに申し訳ない気がした。主治医の僕はもっとはやく彼女が選択した酸素を切るという治療をするべきだったのだ。

ふと僕は彼女が末期がんの緩和医療を極めたいと言っていたことを思い出した。それを聞いたときは何のことかさっぱり分からなかったが、それは生きつづけさせる苦しみから患者を解放し、願いどおりに死なせてあげる仁術のことだったのだ。

✝自宅で看取ること、そんなに簡単じゃありませんよ

田島さんがこの病院に入院したのは一カ月前だった。呼吸困難を主訴に加計呂麻の診療所から船で大島海峡を渡り、古仁屋の船着場に待機していた救急車で搬送された。薬を継続して飲まず、かろうじて前立腺がんの薬だけは飲みつづけている難しい患者さんだった。

肺炎と喘息を起こしていて治療を開始したが、胸にたまった水を調べると肺がんが疑われた。奄美大島の中核都市である名瀬の県立病院には呼吸器の専門医がいるので、意見を聞くために受診してもらうことにした。家族に説明をする必要があり、電話で奥さんの真実さんに悪性の可能性もあると話し、本人への告知の方法を相談しようと段取りをしたのだが、約束した日時に彼女は現れなかった。

地元のナースたちは二人のことを知っていた。加計呂麻島に地域の基幹病院ができた二〇年前に二人は結婚したらしい。真実さんは田島さんよりも三〇歳以上若く持病のある人だった。お父さん、お父さんと慕う新妻で、彼女が病気になると田島さんが一生懸命駆け回って、真実、真実と親身に看病をしていたという。

奥さんと相談できないので名瀬の県立病院を受診する理由を本人に話した。

「あれは体が悪いから、いわないでいいです。島には身内はいないので、私が自分でやります」

そういいきる彼を男らしいと思ったが、見舞客が一人もなく、田島さんは自分一人で病気を抱え込んでしまった。米国のドラマならここでカウンセラーが登場するが、医師と看護師を酷使して格安の医療費で世界レベルの質を維持している日本の医療制度ではカウンセラーは登場しない。ましてや六〇床の国も手を出さない離島の病院では夢物語だ。

「悪性の可能性が否定できないのですが僕らは呼吸器の専門家ではありません。だから専門医のいる名瀬の病院に行って意見を聞いてもらえますか。仮に悪性であっても早期に診断がついて、治療を開始したら良くなりますよ」と話をしたが、「悪性」という言葉を聞いて、誰にも相談できず愚痴も言えず、一人で病とその先にあるかもしれない死の不安に向かい合うのは辛かったのだろう。田島さんはベッドの上にうつぶせになり、顔を枕に突っ伏した姿勢を取るようになった。

彼の言動に粗さが見られるようになった。ナースへの暴言にはじまり、やがて薬を飲まなくなった。酸素が必要となり、病態がじわじわと悪化するので名瀬の病院への一時的な受診ではなく救急車を使って転院することになった。

転院の日にようやく福岡に住む義理の弟という人から電話があった。

「真実さんから電話がありましてね。私は彼とは血がつながっていないのです。母親が同じで父親が違うということです。奥さんから状況を聴きました。何かできることがあれば福岡から飛びますが」

複雑な事情があるようだった。

転院の日の朝に奥さんと電話がつながった。

「わたしは体調が悪いのでいけないんです。でもわたしの従兄が名瀬についていくことになりました」

思っていたよりはっきりと会話をすることができた。奥さんの従兄は尾山さんといい出発の一時間前に来院した。陽に焼けた白髪の初老の男性で、島の人らしい実直そうな物腰に僕は安堵した。彼はベッドサイドに座わり、横になったままの田島さんの話を親身になって聞いていた。尾山さんは救急車に同乗して名瀬に付き添ってくれた。

蝉時雨が病院の横の山から降り注ぎ、ときおりアカショウビンの喉をふるわせる高音の美しい鳴き声が混じり、外来と三階、四階の病棟を行き来して素肌の上に着た術衣がすぐに汗でぬれてしまう、そんな暑い夏の日だった。

そして一カ月が過ぎた。

一週間の夏休みから病院にもどると、田島さんが県立病院から搬送されて一般病棟に入院していた。管が鼻に入れられ、酸素が二リッター流れていた。白口先生から引き継いで、僕は再び田島さんの主治医になった。

カルテには名瀬の病院からの診療情報提供書がはさんであった。『ご指摘の通り肺がんですが、治療に対して意欲がありません。食事もとらず中心静脈も二回自分で抜かれました。自宅に近いそちらの病院で診ていただけませんか』

朝のカンファレンスでスタッフが集まり今後の方針について話しあった。抗がん剤も放射線療法もしないのだから、自宅に帰ってもらい、酸素が必要であれば在宅で酸素を行い、疼痛があれば加計呂麻診療所の松生先生に診てもらうことができる。生まれて育った人生の思い出が刻まれたわが家の畳の上で死ぬのが幸せにきまっている。僕と白口先生の意見は一致した。ところが南院長の顔はしぶかった。

「診療所の松生先生も救急患者を連れて病院に来たときに、やりますよ、といってくれました」と僕は言った。

「そんなに簡単じゃありませんよ」

いつもは温厚でユーモアのあふれる院長の顔は苦虫をつぶしたようになった。

「松生先生は加計呂麻島の集落で五人も看取りをやっているといってましたが」

「自宅で看取るということは極めて難しいものですよ。少なくとも家族やご近所の十分なサポートがあるというのが最低条件です」

多くの修羅場を潜り抜けてきた根っからの臨床医であり、地元住民のニーズに応えようと医師不足の中で休みもほとんど取らずに頑張っている南院長の言葉は、瀬戸内町の現実を見すえている。

「家族や親戚は近くにおられますか」と彼の言葉はつづいた。

「いえ、妻の真実さんは持病が悪化して施設に入院中です。自宅付近には身よりがいないようです」

答えながら、院長が言うように田島さんの自宅への退院はやはり難しいのかもしれないと思った。

先月も自宅で死にたいという希望の胃がんの老人が入院し白口先生が主治医になった。彼女は迅速に対応し在宅で看取る環境を整えた。入院翌日には自宅での酸素ボンベや痰を喉から引く吸引器を業者から入手した。患者の佐藤さんは希望どおりに退院していった。ところが三日後に救急車で再入院となった。素人の家族は痰をうまく吸引できず、見る間にお爺ちゃんの顔は真っ青になり、家族は狼狽して救急車をコールしたのだ。

病院で酸素を流し、痰を吸引すると状態は改善した。理屈では自宅に揃えた医療機器でできることなのだが、慣れない一般の人にとっては簡単なことではない。何度か退院の機会があったが、もう誰も自宅につれて帰るとはいわなかった。佐藤さん自身も自宅へ戻ることをもう望まなかった。朝の回診では両手を差しのばして主治医や院長を迎える人のいい佐藤さんは、家族に見守られて病院で静かに亡くなった。

† 開かれた天国への扉
たった一人の家族との最後の半日

回診は毎朝七時半にナースステーションの隣のHCUからはじまる。八月某日の朝、HCUに入るとベッドには田島さんが横たわっていた。夜勤の的場ナースが田島さんに酸素マスクをつけていた。バツイチの彼女にいわせると老人は可愛いらしい。

「どうしたんですか」

「夜中に何度も酸素マスクをはずすんです。すぐにサチ（酸素飽和度）が六〇に落ちるんです。危険なのでここに移しました」

「今はどうですか」

「酸素流して九四です。すぐにもどってくれるんですけどね」。田島さんの耳を回り鼻に入った管を確認しながら、「もうはずしちゃだめですよ」と彼女は声をかけた。

院長回診がつづき三二一号室の窓際のベッドを見て驚いた。真実さんがいたのだ。

彼女は田島さんが名瀬の病院へ転院になった三日後に救急車でこの病院へ搬送されたらしい。僕が夏休みで休んでいたときの出来事だ。ようやく会うことのできた真実さんは四十がらみの大柄な人で、細く枝のようになっていくご主人とは対照的で生命力に満ちあふれているように見えた。痙攣が止まらずホリゾン、アレビアチンが投与されて今は落ち着いていた。いつも診てもらっている保養院の薬をきちんと飲んでいなかったようだ。主治医の三島先生は、症状が安定して薬の調整ができれば保養院にもどってもらいますと言った。彼女はまだご主人の田島さんとは会っていない。

病棟回診が終わると、僕は三階のナースステーションにもどり、的場ナースが書いた看護記録を読んだ。看護記録はSOAPで書かれている。主観、客観、考察、計画の英語訳だが、Sには田島さんの言葉が赤いボールペンで記載されていた。

「ねえちゃん、さびしいよ」

「ねえちゃんはいいな、さびしくなくて」

初めて知った彼の心に僕はたじろいだ。

的場さんが彼のベッドサイドに来るたびに「ねえちゃん、さびしいよ」と田島さんはつぶやき、彼女は時間ごとにその言葉を忠実に記載している。死を目前にして本音を語ることのできるナースは患者にとっては神のような存在なのだろう。同じテーブルの向こう側には一睡もできず、疲れきった体に気合いを入れ、日勤のナースに夜間の患者の状態を申し送っている的場さんがいる。

僕はHCUに行き、田島さんのベッドサイドに立ち、彼の耳元に聞いてみた。

「誰か会いたい人はありませんか。奥さんに会いたくはないですか」

一カ月前は妻に連絡するなと言い切った田島さんだが今の彼は違った。奥さんという言葉に彼の呼吸が一瞬止まり、身体が硬直するのが分かった。無言、それは会いたいという答えだった。

その足で三二二号室へ向かった。真実さんは歯ブラシを手にし、病室に設置された洗面所に向かうところだった。ご主人が入院していることを告げ、病室に誘うと、彼女は歯ブラシを置き穏やかな表情でうつむき加減に、僕のあとをついてきた。

彼女は夫のもとにためらうことなく近づき、細くなった足に手を伸ばしてさすりだした。そして優しい声で「ようがんばったね」と語りかけた。歳は三〇以上若い。酸素マスクを取って困っていると言うと、「ちゃんとつけなきゃだめよ、先生たちにお礼をいわないと」、まるで母親のように、まるで子供に諭すように語りつづけた。田島さんはマスクをつけたまま、真実さんのほうへのめりこむようにしてすりよった。ガチガチだった田島さんの身体から麻薬を打ったように硬さが消えていった。

ベッドサイドの脇から聞こえつづける声に何事かと院長がＨＣＵに足を踏み入れたが、壁際に妻の真実さんを認めると無言のままその場をあとにした。

真実さんは田島さんのそばを離れなかった。

午前中に二人の見舞客があった。一人目は会えなかったが福岡から電話をしてきた義理の弟、そして二人目は真実さんの従兄の尾山さんだった。

ベッドから離れたところで、あとどのくらいもつのでしょうか、と尾山さんが聞いた。

「ご本人の希望もあり積極的な治療はしないことになっていますが」と僕は答えた。

「そうしてください。もう十分やってもらっています。……あと一カ月くらいですか」

「もっとはやいでしょう。今日にでも急変する可能性があると思います」

その夜、田島さんは苦しむことなく眠るように息を引き取った。


午前二時三〇分に霊安室に行くと、真実さんと尾山さん、そして福岡の義理の弟さんがいた。白い壁に囲まれた窓のない小さな部屋で、ベッドと遺族が座わる椅子と小さな祭壇があるだけだ。僕は線香をあげ、白い絹の蒲団をかぶった田島さんの冷たくなった顔に向かって手を合わせて一礼をした。それから遺族に頭を下げた。

尾山さんが僕に歩み寄った。

「薬師寺先生のいわれたとおりに逝きました。もういろいろとやってもらったので思い残すことはありません」

真実さんの瞳には涙があり「ありがとうございました」と深々と頭を下げた。

僕は何かを言おうと考えたが、言葉が思いつかず、もう一度頭を下げた。

ナースの玉ちゃんが院内用の携帯電話を片手に入ってきて僕の顔を見ると、探していたのだろう、さっと明るい顔色になった。白口先生の姿はなかった。「お見送りのときには呼んでくださいね」と言い残して病棟をあとにしていたが、僕がいるので玉ちゃんが気をきかせて彼女を休ませてあげようと呼ばなかったのだ。朝になると「どうして呼ばなかったんですか」と鈴のような声を震わせて責められるのは分かっているが、僕も当直室に電話をしなかった。

いつもの葬儀屋の親父さんと玉ちゃんと事務当直の勉さんと一緒に、田島さんの遺体を霊柩車のベッドに移した。奥さんと会えてほっとしたのか、思い残すこともなくなったのか、病棟での孤独と寂寥と不安がすべて抜けきったように彼の体はとても軽かった。わずか半日だったが、真美さんと過ごすことができなければ彼の遺体はずっしりと重かったにちがいない。

戸外に出て霊柩車を見送った。車のテールランプが消え去ると辺りには静寂と暗闇がひろがった。黒い山の上にひろがる夜空には小さな星が小川のようにきらめいている。

真実さんは入院中なので病室へもどらないといけない。明日は病院から外出して葬式に出ることになる。霊安室横のエレベーターに乗って三階の病棟につくと、玉ちゃんに片手を支えられて真実さんはとぼとぼと歩いていたが、自分の病室には入らずまっすぐに廊下を進んだ。どうしたのだろうと思っていると彼女の姿が左手のＨＣＵに消えた。あわてて後を追うと、彼女は暗い部屋のなかに立って右隅の暗闇を見つめていた。そこはつい先ほどまで田島さんのベッドがあったところだ。玉ちゃんが真実さんに声をかけ、椅子を持ってきて彼女を座らせた。「おかげさまで朝と昼も主人のそばにいることができました」。彼女は僕にそういって深くお辞儀をした。

病棟をあとにするときにそっと真実さんを見たが、明りが消えたＨＣＵに置かれた椅子にポツンと座った彼女は、夫婦で最後の時をすごした空間を見つづけていた。とてもしずかな瞳だった。

†アル中の中林さんを見捨てない故郷

日本の医療制度はかつて世界一にランキングされたことがある。二〇〇〇年にWHOが出した報告書ではそうなっている。ヨーロッパ、とくに下位にランキングされた『ゆりかごから墓場まで』の英国はプライドをよほど傷つけられたのか、血眼になって妥当性がないとランセットやBMJの著名な医学雑誌に批判を展開した。確かに日本は世界一の長寿国で乳児死亡率も世界でもっとも低かった。そんな日本の高度な医療を支えているのが国民皆保険、すべての人々が平等に医療を受けることができる制度である。大学院で途上国の学生にそういって教えると、彼らは一言もその秘訣を聞き漏らすまいと真剣に輝く目を僕に向けた。日本人として誇らしい気持ちになったものだ。

しかし医療の現場でみる実態はかなり違っている。寝たきりで自分の意志を伝えることができなくなった老人たちが、口から食べることができなくなり胃瘻につながれ流動食を与えられている。欧米では老人虐待ととられかねない延命措置が日常となっており、これが長寿の秘訣だとはとても世界に公開できない風景だ。

なかには年金ほしさに自分の両親の延命をつづけさせる家族もいる。自分の意志で生きていない寝たきり老人が増え、次々と病気を併発し治療を積み重ねるのだから、医療費が枯渇するのはあたりまえで、制度として崩壊した二〇世紀の遺産と思うようになった。すべての人に平等に医療を与えるという制度の矛盾を敏感に感じているのは患者を診ている医者や看護師だ。政治家や役人や大学の先生の机上の論理とは違う現実と直観が臨床の現場にはある。

どうしようもない患者、きっと僕たちが公に言ってはならないのだろうが、そう言いたくなる患者がいる。典型的という表現も不適切と人権団体から批判されるだろうが、医者がうんざりする一例がアルコール依存症の生活保護者で入退院を繰り返すリピーターだ。酒を飲んで悪くなって入院し、入院中は酒が飲めないので肝機能がよくなって退院するのだが、家にもどるとまた酒を飲んで状態が悪くなって救急車ではこばれてくる。

生活保護の人たちが受け取るお金は最低限度の生活を送るために税金から出されている。医者に止められている酒を買うためのものではない。その酒が原因で四万円以上かかる救急車で運ばれて救急外来にやってくる。彼らの治療費はすべて無料なのだから、税金をどぶに捨てるようなもので、治療する側の気力も萎えてくる。

病棟主任の的場ナースが院長の外来にきてナイフを見せ、南院長の眉間に皺がよった。

入院患者が持ち込んだドスだが、人を殺めるにしては錆ついていてなんともかっこ悪い。大学院の教官とちがって臨床医は退屈することがない、そう思って見ていたが、それが中林さんの持ち物だと知ったのは二カ月後、外来で彼を診るようになってからだ。

診察室に入ってきた中林さんは四五歳の小柄でやせぎすのヤクザ風の人だった。錆びているとはいってもドスを持ち歩いているとなると怖いものだが、医者のいうことは素直に聞いて、少なくとも僕らに害を加えるような感じではなかった。

カルテに書かれた問題リストはアルコール性肝硬変、食道静脈瘤、そして生活保護とある。お酒をやめなければ死にますよ、回転ずしのように変わる離島医療に従事する医者に何度も言われているのだが、酒は奄美の男にとっての美徳なのだろう、なかなか酒をやめない。それでも体がきつくなって、思い出したように外来に薬をもらいにやってくる。薬が効くと本気で信じている医者がいるとは思えないが、誰もが肝臓の薬やビタミン剤を処方する。なかには注射をしてあげるやさしい医者もいたようだ。

中林さんは飲むと喧嘩をする。かつては拳闘をしていたという自信が災いして拳をあげるのだが、肝硬変で弱った体では中学生が相手でも勝ち目がない。ボコボコにされて救急車で運ばれてくるというパターンを繰り返していた。懐のドスは錆びていて使い物にならない。もっとも喧嘩相手が医療関係者なら錆から感染する破傷風が怖くてたじろぐ輩もいるかもしれないのだが、中林さんは医者にはけっして手をあげない。

夏の日差しが強くなるころ、いつものように夜中に喧嘩して入院した中林さんの主治医になった。

肝機能は悪く、あいかわらず血小板も少ない。朝の回診でしばらく入院して点滴をしましょうとベッドサイドでいうと、分かりましたと素直に答えた。

九時から外来患者を診ているると、事務の大久保さんがやってきた。

「薬師寺先生、中林さんが退院するといっておられます」

大久保さんは困った顔をして立っている。

「肝機能が落ち着くまでもう少し入院しましょうと言ったら納得されましたよ」

「もう着替えて、加計呂麻への船が出る時間があるから行かないといけないといっています。事務のほうで止めてますけど」

「大久保さんも加計呂麻ですよね」

加計呂麻島から船に乗って通勤している職員は僕が知っているだけでも三人はいる。

「そうです。子どものころから知ってるんですけどね。普段はいいんですがね、酒が入ると強がるんですよね」

「大久保さんがいってもだめですか」

腕は丸太のように太く、休日には小舟を出して一本釣りをする人で、今度の休日に彼の船に乗せてもらって釣りの手ほどきをうけることになっている。

「私では駄目ですね。今日は関さんもいないですからね、彼女がいれば中林さんもいうこと聞くんですがね」

関さんはナースで中林さんとは中学、高校の同級生で、中林さんが入院していると必ず彼のベッドサイドに来て説教をするのだ。

「あんた酒飲んじゃいけないでしょ、弱いくせに喧嘩してだめじゃない。あんたの病気は酒をやめないと死んじゃうんだよ」

僕も一度聞いたことがあるが、母親に叱られる小さな子どものようで、中林さんは何も言えないでいた。

関さんは非番で、彼を止めることのできる人は誰もおらず、中林さんは自己責任ということで昼前の船に乗って加計呂麻へ帰って行った。


八月の末、そんな中林さんがまた入院してきた。

今回は喧嘩ではなかった。

主治医になったのでHCUの彼の病床に行き話を聞いた。

「もうすぐ豊年祭でしょう。相撲をしなくていけなくてね。練習してたんです」

奄美では各集落で九月になると旧暦のお盆にあわせて豊年祭が行われる。相撲は豊年祭の大切なイベントだ。奄美大島では相撲が盛んで島の集落には土俵がある。まだよちよち歩きの子どもが白い回しをして、やはり同じように回し姿の父親に抱かれて土俵にあがる様子がテレビに流れていた。奄美大島から関取になる人も多く、奄美群島でみればかつて徳之島から第四六代横綱の朝潮太郎を輩出している。

中林さんはベッドの上で相撲で打撲したというお腹をさすっているが、青あざが腹部に広がっていて痛々しい。肝臓が悪化していて出血しやすく、血を止めにくくなっているのだ。腹水もたまっている。

「肝硬変が進んでますね。出血しやすくなっているので無茶をしてはいけませんよ」

「先生、あとどれくらいもちますか」

中林さんはベッドに寝たまま視線を僕に向けて聞いてきた。

それには答えずにお腹の周囲を計測していると再び聞かれた。

「豊年祭まで持ちますかね」

肝硬変はかなり進行している。

一年以内はまちがいないだろうが、それが半年後なのか、一カ月後なのか、それとも今夜なのかと問われれば、答えることができない。内地の肝臓専門医がいるような総合病院なら、院内コンサルをしてすぐに回答がもらえるのだが、ここでは簡単にはいかない。

「豊年祭がそんなに大切ですか」

「先生は内地の人だから分からないんです。若いもんは島を出ていく人が多くてね。子どもたちも減ってね、私たちが守らないといけないんですよ」

「今回は喧嘩じゃないんですね」

「相撲ですよ。先生はケンムンを知ってますか」

「知りません」

「奄美の言い伝えでね、内地では河童みたいなもんかな、小さな妖怪でカジュマルの木に棲んでるんですよ。加計呂麻のケンムンは相撲が好きでねえ。私の死んだ爺さんはケンムンが本当にみえていたんですよ。松ぼう、ほらそこにケンムンが来たぞってね。私にはみえませんけどね。爺さんが子供の時分にはよく相撲をとったという話をしてくれましたよ」

こんな饒舌な中林さんは初めてだった。いままでは入院翌日にさっさと着替えて自己退院していたというのに、今回は一日、二日となっても帰りたいとは言わない。むちゃなことも言わずに、静かにベッドの上に横になっている聞き分けのよい患者さんだった。いつになく穏やかで悟ったような瞳を見ていると肝硬変が進んでいるのが嘘のようだった。

同級生の関ナースや事務の大久保さんも様子を見に来て声をかけていた。

中林さんが死んだのは三日目の朝、院長回診が終わって一〇分ほどたったころだった。

意識レベルが急に落ちたとナースから連絡が入り、駆けつけると呼吸は浅薄になっていて血圧も弱い。

コードブルーがなり、手の空いた先生が駆けつけてきた。

「何が起こったんですか」と研修医の三島先生が大腿動脈から採血をしながら聞いた。

若い研修医には患者の急変時の蘇生に迷いはない。息を吹き返らせ、心臓を動かすことだけに集中すればいい。蘇生された患者が幸せなのか、生き返ったあとの人生に後悔はないのか、誰が医療費を払うのか、などと思いを馳せる必要はない。

「肝硬変の末期。出血したかな」

中林さんの心拍はもどらず、再び息をすることもなかった。

同級生の関さんや、事務の大久保さんの他にも大勢の職員が救急外来の隣にある霊安室に見送りに来た。無茶をして入退院を繰り返しすっかり病院職員の顔見知りになっていたが、中林さんが死の直前まで気にしていた豊年祭のこと、彼が抱き続けた故郷への愛情が地元の職員には痛いほど伝わっていたのだろう。ヤクザな彼には家族はいないが島のひとたちは彼の最期を大きな懐で自然に受け止めているようにみえた。

アルコール依存症で入退院を繰り返す人の寿命は短い。奔放に生きた短い人生だが病院はその最期を診ることになる。助けた命が社会に貢献するのなら助けがいもあるのだが、迷惑な話だ。死んでもともとなのだから医者として決まった治療を淡々とこなせば辛くもないはずだが、話をすれば情もうつる。人の心とはやっかいなものだ。

中林さんの集落は加計呂麻島の南端にある。九月に行われる豊年祭、それは内地と島に残った人々を結びつける大切な行事であり文化でもある。今年も無事に行われればいいですね——。霊安室を出て病院を後にする霊柩車に向かって、多くの職員とともに頭を下げながらそんなことを思った。

家で死ぬための条件、子どもと長老が輝く文化

二〇〇九年の夏は皆既日食を奄美大島で見ることができるということで、全島はお祭りのような賑わいを見せた。本土からぞくぞくと人がやってきて野原や浜辺にテントを張って過ごす人も多く、怪我をしたり、下痢になったり、なかにはハブに噛まれて、病院は繁盛することが予想された。白口先生はこの皆既日食を見るために赴任してきた節があり、早々と休みを申請しリュックを背負って、奄美大島の北端の笠利の海岸まで出かけた。僕らの瀬戸内町でも日食を見ることはできた。ちょうど加計呂麻からの救急の患者さんが搬送されたときで急に外が暗くなった。診察の合間を縫って、沖縄から応援に来ていた先生と救急外来の外にでて、レントゲン写真を空にかざして太陽を見たが大した感激もなかった。しかし笠利の浜でのそれは別物で、日輪の周りがダイヤモンドリングのような輝きに包まれる様は、圧倒的に美しく神秘的だったと白口先生は目を輝かせて語った。

皆既日食の騒ぎがおさまると、夏祭りが各地で繰り広げられ、花火が打ち上げられ、あちこちの集落で豊年祭が始まり、そして一〇月二九日、加計呂麻島の「諸鈍シバヤ」の日が訪れた。

国が指定した重要無形民俗文化財で、奄美の観光のパンフレットにお面を被って踊る写

真が紹介されている。奄美大島の勤務が決まったときから気になっていたお祭りだった。

加計呂麻島は人口一五〇〇人の美しい海に囲まれた島で、ウミガメが産卵するきれいな砂浜がたくさんあり、カツオの養殖が盛んで、夜空には無数の星がきらめき、山田洋次監督が惚れ込んで寅さんの映画ロケも行われた。昨年は「にっぽんの里一〇〇選」に選ばれている。

諸鈍は加計呂麻島の南部の集落で、八〇〇年ほど前にはじまった諸鈍シバヤと呼ばれる村芝居が続いている。これはかつて平家の落人である平資盛が土地の人を招いて上演したのが始まりと言い伝えられている。

妻と一緒に出かけた。観光客で満席のフェリーが生間湾に着き、シバヤが行われる大屯《おおちょん》神社は歩いていける距離だ。どうやって行こうかと思案している僕らに声をかける人がいた。外来ナースの松さんだった。ズバズバと物をいうさっぱりした人だ。当直の夜に蜂に刺されて来院した患者の血圧がみるみるうちに下がってきて、アナフィラキシー・ショックを起こしたときには彼女がいて心強かった。

目鼻立ちのくっきりした顔で、スリムな体にジーンズがよく似合っている。概して奄美の人は美形が多く、研修医が病院職員の女性と結婚することや、派遣ナースが地元の男性と結婚することは珍しいことではない。松さんは、フェリーで運ばれてきた惣菜やお酒を取るために軽トラックで来たのだ。

「今日は島の職員はみんなお休みとってますよ。お祭りで忙しくって」

「へー、この島の出身ですか」と妻が日傘をかざしながら聞いた。

「そうですよ」

「この島の小学校を出たんですか」

「諸鈍小学校です。中学まではここで、高校は瀬戸内町、そして看護学校は名瀬ですよ。シバヤでしょ、乗ってください。大屯神社まで送ります。すぐですよ」

天気が良くて青く澄み切った海からの風を受けながら、ワインディングした山道を車はすすんだ。

僕は聞いてみた。

「お祭りは同級生が集まってきて楽しいでしょう」

「そうですね。シバヤでは三味線で唄を歌うんだけど、内地へ進学した大学生がこの日のために戻ってきて歌うんですよ。あの子は子どものころから唄がうまくてね。豊年祭になると町のコンテストで歌ってましたね」

「加計呂麻は自然もきれいだし、文化も豊富でいろんな雑誌に取り上げられていいですね」

「でも人口が減ってるんです。諸鈍小中学校は統廃合のうわさもあるんですよ」

「そんな生徒が減っているんですか」

「小学生と中学生で一九人です。私のころは賑やかだったのにね」

「へー、そうなるとちょっとした大家族みたいですね。先生は何人ですか」妻が身を乗り出した。

「一四人くらいかな。学校は地域のまとまりの場だからね。なんとか存続させてほしいですね。よくいうじゃない。子どもは宝だって、ほんとにそうよ。子どもたちがいなけりゃ、いくら重要な無形文化財だといってもシバヤも続いていかないからね」

神社の前で降ろしてもらい、観光客に交じって鳥居をくぐると目を引いたのが土俵だった。その横に招待客の椅子がならび、取材にきた放送局のテレビカメラが回っていた。病院の誰かが伝えていたようで、僕らは弁当をもらい招待席に座らせてもらった。瀬戸内町の救急医療講演会で見たことのある町長の姿もあった。

奄美南部病院に派遣できている看護師の姿が五、六人見えた。生きたサンゴが豊富で熱帯魚の泳ぐ海でのスキューバダイビングやサーフィンに魅せられて、三カ月、六カ月の短期派遣でやってくる若い看護師は多い。

奄美大島は何かと華やかなイベントで注目を集める。観光客や短期滞在で訪れる人が目立つが、この地に住んで腰をおろす人たちは減っているのだ。

町長の開会のあいさつは、諸鈍シバヤがユネスコ無形文化遺産の国内提案候補の一四件のひとつにノミネートされたという景気のいい話だった。

そのあとに白い回しをした一一人の裸の男の子たちが土俵にあがった。小学生から中学生の大人の体になっていく子どもたちが並んでいて微笑ましい。全員がしこを踏み相撲を披露した。真剣勝負で小さい子どもが大きなこどもに一生懸命挑んでいる姿は愛らしく、観客からは拍手が起こり、カメラのシャッターがしきりに切られた。

相撲のあとは八人の女子生徒が登場した。素足に青い短パンで、赤い鉢巻を頭に巻き、黄色の法被姿で手にした小太鼓を叩いて踊るのだが、二人の中学生は紫の法被で少し大きい太鼓を持って指揮をとっている。

妻が言った。

「相撲の男の子たちと、この女の子たち、まるで兄弟みたいでかわいいわね。でも、これが小学校と中学の全生徒なんだ。これからもっと少なくなるかもしれないんでしょ、寂しくなるね」

「先月亡くなった患者さんもこの島の出身だったよ」

子どもたちの姿にアルコール性肝硬変の中林さんの言葉が重なった。「子どもが少なくなってるんですよ。私たちが守らないとね」

女の子たちの演舞が終わると、シバヤを踊る青い法被をきた男衆が、神社を出て浜辺まで下り、海に入り海水をすくい体にかけて禊をした。

神社にもどった男衆が右手、右足、左手、左足と拍子をとって上げながらゆっくりと入場し、唄と三味線にあわせて踊り始め、諸鈍シバヤははじまった。

「先頭のお爺さん、カッコいいわね」

妻が言うように、男衆の踊りにピリリとめりはりをつけているのは、先頭を踊る老人だった。白髪で細身の老いた体は海の仕事で鍛え上げられたのだろう、筋肉質で引き締まっていた。存在感があり、単純な舞踏に何か深い意味を持たせているように見えた。この祭りだけではなく他の集落で行われる豊年祭でも老人の役割があり、彼らの舞台が用意され、必要とされている。

奄美には産業が少なく、若い人が出ていき過疎化が進んでいるが、老人が輝ける場所が継承される伝統的な文化のなかに残っている。内地へ職をもとめて若い人たちが島をあとにし、子どもたちの数も減っているのだが、笑顔ははじけるように元気で明るく、地域ぐるみで島のお祭りを守りつづけている。子どもと長老が調和する文化はなんともいいものだ。

独居老人が在宅で死ぬためのからくり、地域包括医療

内科の患者を診て半年が過ぎた。旅路の果てに病院という旅籠に立ち寄り、これからの死への旅発ちのために一息ついているのかな、と思いたくなるようなお年寄りが多い。病に対する不安に心は揺れながらも、身近になってくる死を前に、来し方を振り返り心の整理をし、自宅の畳の上でその時を迎えたいと口にする人もいる。

そんな自然な死を提供し患者の思いに応え、畳の上で家族に囲まれて最期のときを迎えてほしいと願うのだが、そのためには最期の瞬間まで輝くことのできる家庭や地域があっ

て初めて成立することを学んだような気がする。末期を迎えた肺がんの田島さんを自宅で看取ることを病院で話し合ったときの南院長の言葉が忘れられない。「自宅で看取るということは極めて難しいものですよ。少なくとも家族やご近所の十分なサポートがあるというのが条件です」

老人医療費が増加し国民皆保険の限界がいわれるなかで、政府は在宅医療を推進し、老衰の人たちに自宅で自然に亡くなってもらうシステム作りに躍起だ。ところがその基盤となる健全な家族を復活させる取り組みが抜け落ちている。少子化の中で、女性が子どもを産みやすく育てやすい環境整備が欠落している。働く女性が子供を預ける場所がなくてネットを利用して面識のない若者に子どもを預け、トラブルが多発し死亡事件まで起きている。子どもたちが自分の祖父母や家族のいないお爺さんやお婆さんを大切にし、地域を守り、日本を守るように優しく強く育つための制度もみえにくい。

小児科学会の地方会で聞いた『わが国の小児医療・小児科学の課題』という話を思い出した。演者の先生は欧米に比較してあまりにも予算配分の少ない母子に対する医療費と、異常なほどの大きな額が老人医療に使われている現状を紹介した。欧米では救命に慎重な在胎二四週未満の低出生体重児を、わが国では救命し、その子たちの脳性麻痺や発達障害の有病率が問題になっているということだ。欧米では両親が望まなければ救命はせず、仮に救命した後も中止ができるのだが、日本では延命の中止はしない。寝たきりの認知老人の過剰な延命が行われているが、新生児医療でも似たような構図がみえてくる。

僕は小児科研修医のときに演者の先生と同じ疑問をもった。当時は低出生体重児の救命記録を競っていた時代で、倫理的な疑問を質問すると「殺すわけにはいかないでしょう」と相手にもされなかったのだが、二十数年たってようやく学会でも議論できる時代が来た。演者は正しい事実の公表と冷静な議論と行動が今後必要であると述べた。

さらに子どもの貧困率が高く、原因として母子家庭の貧困や就労、それに養育費の問題が子どもの貧困率につながっていて、日本は先進国のなかでは下位にランクされることを知った。老人医療に多額の公的資金が投入されながら、国を支えていく子どもの支援が少額という矛盾をどう理解すればいいのだろう。

加計呂麻島をはなれていくフェリーからは自然豊かな島の全貌がひろがっていく。港の正面には一五〇〇人の島民の命を守り、週末にはかならず患者が搬送されてくる三階建ての加計呂麻診療所が見え、島の風景によく溶けこんでいる。この診療所は徳山グループの理念のシンボルであり、メモリアルな病院だといわれている。

白いコンクリートの壁でできた診療所は、医療界の異端児といわれた徳山グループの徳山一郎が、無医地区に病院を建てて欲しいという地元住民の要望に応えて、町や県や国と闘って一九八八年に建てたものだ。一九九一年には病院に昇格した。一九九九年に古仁屋に奄美南部病院ができてからは無床の診療所になったが、ここを拠点に病診連携のネットワークがつくられた。医師やナースや技師や事務の想像を絶する努力があったらしい。このときの経験が全国に六六病院を有するまでのグループに発展させ、離島医療を可能にする運営体制を形成した。徳山一郎は無医地区にこの診療所を作った時に発展途上国の医療を支援することを心に決め、視察にくる国内外の人たちに必ず加計呂麻診療所を紹介した。しかし彼の理念が現在の徳山グループの幹部にどれだけ本当に理解されているかは疑問だ。

加計呂麻診療所建設のあとの選挙で徳山は衆議院議員に当選するが、奄美で繰り広げられた金権選挙を知る者には徳山グループのイメージは悪い。しかし加計呂麻診療所が担っているプライマリ・ケアを実際にこの目で見るとその見事さに唖然とする。僕はここに来る前は大学院で国際保健計画学の教鞭をとり、その前はＷＨＯと予防接種の仕事で途上国にプライマリ・ヘルス（すべての住民にとどく地域医療）を構築するプロジェクトに参画した。それらの経験に照らし合わせてみると、加計呂麻診療所にはＷＨＯが目指した病診連携が完璧に存在している。午前中は無料巡回バスが島を回って予約患者や具合の悪い患者を乗せてきて外来診療が行われる。診察が終わると家の近くに送りとどける。午後は病院に来ることができない老人の家を回る訪問診療を行い、既存の南大島診療所やへき地の診療所との連携もとっている。終末医療も行われ、松生先生が自宅での看取りを五人しているといっていたが、これはようやく国が本腰をいれはじめた在宅緩和医療だ。この診療所で診ることができない患者は救急艇で大島海峡を渡り奄美南部病院へ送られ、そこでもダメなら三、四時間の陸路で名瀬の病院へ搬送される。名瀬で治療できない大動脈解離などは自衛隊のヘリで沖縄へ搬送される。

診療所の二階には老人用の有料のアパートができる計画があり、内地からの入居者も受け入れるという。病院の周りの豊富な土地は入居者が自ら土をいじる菜園になりリハビリもかねている。

美しい自然に囲まれた長寿の奄美大島は、孫や祖父母がともに暮らしている幸せな家庭を連想しがちだが、実際は若者が島を離れ少子化が進み、独居老人が増え、深刻な過疎化がすすんでいる。そういうなかで終末期の安らかな死を迎えるためには地域を大きな医療機関と考えて、医療やケアに取り組む地域包括医療が必要となる。ケアマネジャや介護へルパーや看護師、薬剤師、医師がグループになって病院に頼らずに自宅でのケアから死を迎えることのできるシステムが必要で、二〇二五年問題を前に国が取り組みだした地域包括医療のひな形を瀬戸内町、加計呂麻島に見る思いがする。

徳山グループが地域包括医療、病診連携を国が動き出すよりも二〇年も前に着手し実現できたのは、彼らが医局を追われ、あるいは医局を嫌い、進路に迷った崖っぷちに立たされた異端児たちの集団だったからだろう。

フェリーはゆっくりと大島海峡を古仁屋の方向に進み、海に浮かぶ島がしだいに小さくなっていく。青空と同じ色の海のなかに白い診療所が重石のように浮かぶ加計呂麻島は美しく、文句なしの「きょら島」だ。遠ざかる島を見ていると、豊年祭のことを心配して死んでいったアルコール性肝硬変の中林さんのことが心に浮かんだ。

フェリーのデッキを流れる潮風のなかに僕はつぶやいた。

「中林さん、加計呂麻島はたくさんの人で賑わっていました。子ども達の表情も明るくはつらつとしていました。男の子たちは相撲に興じ、女の子たちは太鼓に合わせて上手に踊っていましたよ。僕にはみえなかったけどケンムンもカジュマルの木から喜んでみていたんじゃないかな。これだけの活気があれば大丈夫。豊年祭はうまくいきますよ」

第二章 延命という名の老人虐待、国民皆保険の罪

二〇一〇年二月、僕は関東の病院へ異動になった。同じ徳山グループの東関東病院の院長が奄美に医療講演に来た際に、国際協力を手伝ってほしいと誘われたのだ。南国の楽園にもカーデガンがいるくらいに肌寒くなり、海に潜るにもウエットスーツが必要になった二月のことで奄美に来て一〇カ月が過ぎていた。

白口先生は北海道に戻り、函館の父のクリニックを継いだと知らせがとどいた。研修医は一〇カ月の間に五人が神奈川県の病院から入れ替わりで派遣された。派遣ナースの玉ちゃん、的場主任も島を去り、加計呂麻島の診療所の松生先生も子どもの教育が気がかりで、鹿児島県の在宅医療を手がける病院に移った。

島への永住を決めた人もいる。二人のナースが島の若者と結婚し子どもをさずかり家庭をもった。南院長は院長職を辞して、念願の一内科医にもどり奄美北部の病院に勤めるようになった。男の子が生まれ相撲の回しをした愛らしい絵葉書がとどいた。同期の笹栗先生は奄美で小児科をつづけながら、徳之島や島根の小児科へもヘルプで行くようになり、桜マラソンの準備に汗をながしている。

常勤医が去ったあとの奄美南部病院には、地域医療に興味のある若い先生たちが来ることになり頑張っている。しかしプライマリ・ケアに国がお墨付きを与えてブームになった弊害なのか、内地に向けた宣伝とパフォーマンスが目立ち、若い医師たちは地元の視線で見ることができず、住民の心をつかむことに苦慮しているようだ。離島医療は理想だけでは動かないだけに、なんとも難しいものだ。

東関東病院に赴任したとき、原口院長はハイチ地震の災害医療支援にリーダーとして派遣されていた。千葉県には成田空港があり、海外への災害医療の拠点病院としての役割をになない、六六の徳山グループ病院が持つNGOの国際医療支援チーム・TMATの活動を主導していた。

年に一、二回の災害医療支援の時の人材派遣マネジメントや、テント、医薬品の成田空港への輸送で院内はあわただしくなったが、そのほかは普通の病院と変わりはなかった。救急の病院で一四〇人前後が入院し奄美大島の病院に比べると倍以上の患者がいた。救急は断らないという徳山グループの理念があり救急車の搬送回数は多かったが、専門的な治療が必要な病気、たとえば心筋梗塞、大動脈解離、くも膜下出血などは循環器や脳外科の充実している病院への転送が必要となるので主治医の負担になった。

専門の患者の対応で手いっぱいの三次の救急病院が受け取りたくないような患者も搬送されてきた。寝たきりの施設入所者を筆頭に生活保護、浮浪者、アルコール依存症、刑務所の囚人、かかりつけの精神科の病院が受け入れてくれない急性薬物中毒やリストカットの自殺未遂者などだ。

他の病院でブラックリストに載って診てもらえない患者やヤクザもいた。入院直後にナースの控室を物色していた生活保護の女性がいて、頼まれたので注意をすると逆切れされ、夜勤のナースを殴りだしたので、警察に来てもらい病院からお引き取り願ったこともある。

そんな患者たちの主治医になれば彼らをとりまく複雑な社会を知ることになり、おのずと日本の医療制度の問題が見えてくる。僕が違和感を覚えたことの一つは本来ならば自宅で亡くなるのが自然だと思われるような高齢の人たちが、救急車で搬送されて入院し、実際に多くを病院で看取るようになってしまうことだ。これがかつて世界一の長寿を誇った医療の真相だと悟ったときには肩の力が抜ける思いがした。日本が江戸時代に基盤をつくりあげた世界に誇る地域医療は、明治、大正、昭和、平成と継承されて発展し、いつの間にか病院に患者を閉じ込め管につながれた植物人間を生かしつづける医療システムに変貌してしまっていたのだ。

赴任したころは五、六人の入院患者を受け持ったが、次第に受け持ち患者が増えて一〇人になり、二〇人を超えるようになったころに、治療に対して意欲がなくなる瞬間が明確になった。それはリハビリで嚥下訓練をしても患者が食べることができないと分かったときだった。

夢がない認知症の胃瘻

毎週火曜日の午後は院長回診で入院患者の症状を報告し、助言をもらう。

四人部屋の窓際に寝ているのは八四歳の涼子さんで発熱と食欲不振を主訴に入院した。「施設入所中の寝たきりの人で肺炎でユナスピンを投与して熱は下がったのですが、一週間たっても食べません」

「それは医者の誰もが悩むことですよ」原口院長は笑って言葉をつづけた。「患者さんは食べたいけど食べないのですか、それとも食べることができないのですか」

「食べるのを拒否する患者がいるんですか?」

患者は歳をとって嚥下機能が落ちているから食べることができないとばかり思っていた。

「いますね。動くことが不自由になった寝たきりの患者さんの中にはそんな人はいますね。もういいよ、このまま死なせてよ、という意思表示のように思えることもあります。認知症の進んだ人は分かりませんが」

「食べたくない人にはどうするんですか」

院長の専門は救急だった。救急は短時間で勝負がつく。概して白か黒かをはっきりしたがる傾向がある。加えて彼の実家は空手道場を経営し跡取りと期待されていたほどの腕前だ。医学部時代には弱体空手部を全国大会の優勝に導いている。部員には鬼の原口といわれ恐れられていたらしいが常に直球を投げるので話が分かりやすい。四十代という若さもあって職員には人気があり、開院当初は院長室に悩みや不安を言いにくる職員があとをたたなかったらしい。

「本人が延命を希望しないのならば尊重しますよ。ここに赴任したころは点滴をしていましたが一カ月くらい寿命が延びるだけですし、見ていて患者さんが辛そうです。最近は点滴しないで自然にしていています。本人の口からはいるものだけを与えるようになりました。枯らしてあげたほうが苦しみが少ないようだし、死顔はきれいですね」

点滴もしないんだ、教科書には書かれていない終末期の医療の最前線の実際に僕はたじろいだ。

「でもこの患者さんから本人の意志を聞くのは難しそうですね」

ベッドの上の涼子さんは体をエビのように曲げて、顔を上に向け、虚ろな瞳を僕に向けている。

「家族がどう考えるかですね。家族といってもいろいろですからね。かならずキーパーソンに聞いてください。年金をあてにして患者さんに死なれたら困る人もいます。どんな状態になっても生きていてほしいと心の底から言う人と、金目当てに言う人とに分かれます。兄弟、親戚の利害関係がからむと話がややこしくなるので、キーパーソンでお願いします」

「とりあえず鼻管から栄養をいれることも考えているのですが」

「肺炎や肺気腫の患者さんの治療には栄養が重要なので、たとえば一週間と期間を決めて鼻管から経管栄養や、中心静脈から高カロリー輸液を与えるのであれば、それは治療ですよ」

そのようにして肺炎が治ったあとも食べることができなければ胃瘻になることが多い。胃瘻とはお腹に穴をあけて管を通し、外部から胃内に食物を流し込めるようにすることで、胃カメラを使って二〇分ほどで造設できる。

初めて見たのは奄美南部病院だった。僕も助手になって何度かお腹に穴を開けて管を通した。手技がもの珍しく、切開や縫合の練習になるので気にすることもなかった。しかし東関東病院では寝たきりの患者が次々に搬送されて、食べることができなければ胃瘻造設は日常茶飯に行われている。お腹のチューブに経管栄養が流れ、物も言わない患者さんたちがベッドに横たわっている様は、生ける屍を見るようで気分のいいものではない。

胃瘻造設は内視鏡専門医が行う。福岡から応援に来ている柴畑先生は内視鏡が上手で人柄もいいので胃瘻造設をよくお願いしている。

ところが柴畑先生は胃瘻には否定的だった。

「寝たきりで認知症のある人の胃瘻なんて法律で禁止すべきですよ。胃瘻をつくっても一年で半分は亡くなるんですよ」というのが彼の口癖だった。

「面白くないですか?」

「胃瘻はうんざりです。夢がない」

「家族が承諾するということは、認知があっても生きていて欲しいんじゃないですか」

「自費でやるならいいですよ。年金目当ての家族もいます。生きていればお金がはいるのですから。寝たきりで食べることができなくなるお年寄りはどんどん増えるんですよ。少なくとも保険適応をやめないと日本の医療費はパンクしますよ」

「海外はどうなんでしょうね」

「老人虐待だと受け止められているのでしょう、やっていません。脳梗塞や神経疾患の患者さんの胃瘻は治療だから別ですよ」

たしかに胃瘻を造り一カ月しても行き先が決まらずに病室で無言のまま虚ろな瞳を漂わせている患者を見ていると、彼らの尊厳を無視して命を長引かせているのではないかという罪悪感に襲われてくる。

胃瘻を造った後の患者さんの状態を目にするうちに、僕は次第に胃瘻を家族に勧めなくなった。柴畑先生から教えてもらった胃瘻を造った人の半数は一年以内に亡くなるということと、生きる尊厳については必ず口にした。

一つの病室には六人の寝たきりの老人が横たわっている。しゃべることもたいしてできなくなった寝たきり老人で特別な治療もしないので、看護師やヘルパー、リハビリの人たちと違って医者はちらっと様子を見るだけだ。今は電子カルテなので看護記録やリハ記録が共有されていて、患者を直接診なくても状態を把握することができるのだ。

自分はというと、どうも大学病院の小児科で受けた教育が今でも体に染みついているようで、患者の顔を見に行くほうだが毎日目にする風景にふと気づいたことがある。

これまでの人生にはその人なりの意味があったはずなのに、どの老人も同じに見えるのだ。たとえば会社の社長や大学教授だった人も、生活保護や日雇いの労働者だった人も、同じ病院の寝巻を着て同じようなおむつをしていると違いがまったく分からない。はたして彼らはそれに納得しているのだろうか……。

それでも最後の生き様を見せてくれるひとがいる。

✝ 点滴もいりません、男らしく死なせてください

　山内さんは体のがっちりした七九歳の男性だった。寝たきりだが認知症はなかった。何度か入退院を繰り返していたが、自分の意志で延命はしないという人で胃瘻も拒否した。家族は点滴だけで一カ月の余命を選択するのはつらかったようで、鼻管を入れて流動食にすることになった。

　しかし鼻管は患者にはつらい。鼻から管をいれられて痛いので手で抜こうとする。危険な行為で流動食を流し込んでいるときに抜くと誤って肺に入り誤嚥性肺炎になりかねない。両手を縛って抑制をしたり、指が使えないように手袋をするのだが、それが患者のさらなるストレスになる。

　朝の回診に行くと山内さんは視線を自分の両手が縛られた抑制帯におとし、取ってくれと懇願してきた。鼻管を抜くので危ないと答えてその場を去った。患者は寝たきりで追ってくるわけではないが、なんだか逃げている気がして後ろめたい。すぐに担当のナースや看護助手に気づかれてまた抑制されるのは分かっているが、知らんぷりをして抑制帯をほどくこともある。

　鼻管から流しこまれる流動食は普段口から食べる食事と栄養に変わりはない。十分なエ

ネルギーを補給することができ、大きな静脈からはいる点滴にくらべて患者は元気になることが多いようだ。

山内さんは鼻管からの栄養で元気をとりもどし、活気がもどり表情に生気がただようようになった。期待をこめてリハビリに嚥下訓練をしてもらったが、前のように口から食べるようにはならなかった。このままでは肺炎を起こして死ぬのを待つか、療養型の病院が空くのを待つしかなかった。鼻管のままでは自宅にもどれないし、老人ホームは引き取ってくれないのだ。

山内さんは僕を見ると、鼻管をぬいてくれと訴えるようになった。

「鼻管を取ると栄養が入らなくなりますよ」

かすかに声をだして、「それでもいい」と言ったように聞こえた。

「点滴になりますが、山内さんはあまり血管がないので、一カ月くらいで点滴がはいらなくなります」

「点滴はやめてくれ」

僕の目を見てはっきりと首を横に振った。

「鼻管からの栄養がなく、点滴もなくなれば、一週間、二週間で……、死にますよ」

「それでいい」

彼ははっきりと首を縦に振り、僕の手を握った。節くれだった大きな手だった。母に握られ、友人と喧嘩し、愛しい人の手を握りしめ、わが子を抱きしめたに違いない手なのだ。

強い力で握りしめられ温もりが心の芯まで伝わってきた。

その足でナースステーションへ行き、遠方に住んでいてなかなか見舞いに来られない息子さんに電話すると、「そうですか、父がそう言いましたか」とつぶやき了承された。

僕は山内さんの電子カルテを開いて、鼻管を抜くことを本人が希望し家族に連絡し承諾を得たことを書いた。彼のカルテにはすでに赤い字でＤＮＲと書かれている。英語でDo Not Resuscitate、頭文字を取ってＤＮＲ、蘇生はしないという意味だ。二週間以内に山内さんの血圧は下がり、心臓は弱くなり、呼吸は浅くなるのだが、そのときに心臓マッサージや気管内に挿管して人工呼吸器につなぐことはせずに、自然に逝ってもらうことになる。海外の医療ドラマではよくLet him goという表現が使われるが、僕はこの表現が好きだ。

鼻管を抜かれた顔から苦悶の表情は消え、山内さんの顔に柔らかさが漂うようになった。朝の回診のときに挨拶をすると抑制帯を解かれて自由になった手をかならず僕に伸ばしてくれた。終末期になっても点滴や中心静脈をつづけている患者にみられるような浮腫みや虚無感はなかった。山内さんは日に日に枯れていった。

状態が悪化すると患者はＨＣＵに移される。ナースステーションから看やすく、バイタルの変化に対応しやすいからだ。しかし自然に死を待つことになった山内さんは部屋をうつされることはなかった。血圧が下がっても、呼吸が浅くなっても、心電図が弱くなっても延命措置をすることはなく、特別な監視は不要だった。息子さんは遠方のこともあり、急変時にかけつけて死に目に間に合いたいという希望はなかった。

一〇日後の深夜に山内さんは亡くなり、当直の先生が死亡確認をした。山内さんはいつものベッドで最期を迎えた。

山内さんが若い時にどんな仕事をしていたか聞かなかったが、その時を待つ彼の姿には威厳があった。毎朝、肉は削げた、といっても筋骨のたくましさを忍ばせるガタイを動かして、体ごと僕のほうを向き、手を伸ばしてくる彼には、寝たきりでしゃべることもできず、胃瘻につながれて生きている患者さんとは違う生き様があった。

「静かに逝かれましたよ」

夜勤に彼を看取った中澤さんが僕に声をかけた。そして僕の目をみつめてつづけた。

「安らかな顔で、息子さんも感謝されていました」

病室の窓からは白い朝日がベッドにとどきシーツを温めている。病院での最期ではあったが、鼻管を抜いて手足や体を抑制されずに最期を迎えたことは、彼の歩んできた人生の意義が否定されず、まっとうな人間としての尊厳を冒涜されなかったことを意味しているように思えた。どんな医学的な正当な理由があっても、人生の終わりに手や足や体を縛られている様子は罪人や死刑囚を連想させて、むごたらしく見るに忍びない。

自分の意志で最後の一〇日間を生きた山内さんの死の床は、まるで住み慣れた自宅のベッドのようで安らぎに満ちているように僕の目にはうつった。

†これで手が縛られることはないわ……胃瘻をありがとう

胃瘻によって苦悶から解放される人もいる。

津田沼ミキさんは八三歳、施設から誤嚥性肺炎で搬送され入院となった。息子さんが熱心な人で、生きるためには何でもやってほしいと言われる。その言葉には母への愛情がにじんでいた。

抗生剤で肺炎はよくなったのだが食べることができない。栄養方法を考えなくてはならない。

中心静脈栄養はエネルギーを確保できるが、感染のリスクがあり、肝機能が悪くなりやすく内服薬を投与できない。末梢点滴では刺す血管がなくなり一カ月くらいしか持たないうえに栄養が多くはいらない。流動食は日頃食べるのと同じ栄養がとれる。家族の気持ちが決まらない時にはとりあえず鼻管をいれて流動食を開始することが多くなってきた。親の状態がさらに弱ってしだいに植物状態になっていけば家族の気持ちは変わる。もう最後にしたいと家族の心が傾いたときに鼻管なら抜きやすい。末梢点滴に変えれば家族は親を飢え死ににして見殺しにしているという罪悪感にさいなまれない。

津田沼ミキさんに鼻管を入れて流動食を開始した。寝たきりといえども手は動く。よほど不快なのだろう、ほとんどの患者が鼻管を抜いてしまうため抑制をしなくてはならない。手袋をして手首に帯を回し両脇のベッドにしばりつける。これで鼻管が抜けないはずだが巧みな患者はこれをはずす。しかし津田沼さんはそんな体力もこまやかな動きもできない。

もともとハッピーに見えなかった表情に、苦悶の表情が浮かぶようになった。

津田沼さんはベッドに寝たきりではあるが会話ができる。僕らが言うことを聞いて考えて返事をする。こんな患者さんには胃瘻が無用だと切って捨てる気にはならない。家族に病状を説明して胃瘻をするか意見を聞くことにした。

胃瘻には家族の承諾がいる。内視鏡を入れて胃の裏側を見て、お腹から刺した管が入るのを確認して管を固定する。

病棟にあらわれたのは息子さんではなく、長女と息子の妻だった。

息子さんは喧嘩の仲裁にはいって腕を骨折し、自宅で療養中のため来られなかったのだ。

「母の様子を見ているともういいのかなという気が私はします。急変した時は延命はしないことで弟とも話しました」と長女はきりだした。

胃瘻はしないと家族が決めてくれれば点滴だけをする。水を入れすぎると浮腫みがくるので一日五〇〇ミリリットル、それから二〇〇ミリリットルに落とす。親が徐々に弱っていき、話すことも、子どもたちを認識もできなくなると、「もう十分に頑張りました。これ以上苦しむのを見たくない」という家族もいて、そのときは点滴をやめることに同意してもらい二週間以内で臨終となる。原口院長は最初から点滴もしないので、もっとはやく自然な死を迎えさせてあげることができる。僕が点滴をするのは家族の陰に隠れているかもしれない面倒なクレーマーの親族からの訴訟に防御線を張っているだけで、本音は院長のように点滴もやめてしまいたい。内科の経験の長い医者の中にはさっさと中心静脈栄養にして療養型病院に送っている人も多いようだ。そのほうが利益になるので引きとってもらいやすいらしい。なによりも患者の家族とともに悩む必要がない。あと数年内科医をつづければ自分もそうなる気がする。

「入院のときにお話ししたら、弟さんは熱心でした。胃瘻をしても一年以内に亡くなる方が半数ですし、口から食べることができないので尊厳の問題もあります」と僕は言った。内視鏡の柴畑先生のうけうりだ。

「弟が来れればいいのですが、今は外出は難しいです」

「家族で話し合っていただけますか。電話でいいので連絡してください」

「早いほうがいいですよね」

「胃瘻をするなら体力のあるうちに、早いほうがいいです」

「分かりました。弟と話し合ってみます」

長女は自営業でなかなか来ることができない。

翌日、病棟に連絡がはいり、胃瘻を希望するという返事だった。

津田沼さんのベッドサイドに行くと、怒ったような顔でしかも苦しそうな表情だった。両手は手袋でおおわれ、手の動きが抑制され、両脇のベッド柵に結わえられて自由がきかないのだ。無理もない。

「胃瘻をしますが、いいですか。お腹に穴を開けて管をいれます。内視鏡で胃の中を確認しながらしますが、二〇分くらいで終わります。局所麻酔をするので痛くないです。鼻管は抜けるので苦しくなくなりますよ」

理解してもらえるとは思ってはいなかったが一応説明した。高齢でも、もっとADL（日常生活活動）がしっかりしている人や、インフォームドコンセントとして紙に書いている人は別だが、認知症でなくともかなり体が弱っている人の同意は形式だけで、ほとんど家族が決めることが多い。

予想に反して津田沼さんはうなずき、いくらか眉間の険しさが緩やかになったように見えた。

一週間後に胃瘻が造設された。翌日CTで管が胃に留置されていることを確認し、まず水分が管から投与され、嘔吐などのトラブルがないことを確認して経管栄養が開始された。最初は一〇〇ミリリットルを朝昼夕と三回の三〇〇ミリリットル、これで三〇〇キロカロリーになる。次は一回二〇〇ミリリットル、その翌日は三〇〇ミリリットルと増量した。

病室に様子を見に行くと津田沼さんは抑制を解除され、いままでの苦悶の表情はきえていた。

「鼻管が抜けてよかったですね」

「ありがとう」

彼女は僕の目をしっかりと見つめ、小さな声ではっきりと言った。いままで縛られて動かすことのできなかった手を伸ばして僕のほうへ差し出した。ゆっくりとだが重力に逆らって手は宙に浮き、僕は小さな骨だらけの手を両手で包んだ。柔らかい感触が伝わってきた。幼いころ僕をかわいがってくれた婆さんをふと思い出した。

入院して初めて見せてくれた柔らかい表情を見ていると胃瘻という選択が良かったのだなと思った。患者が会話できることが最低条件のような気がする。これは一時的な安寧で、さらに老化が進むと胃瘻をしていることに後悔の念が家族にわいてくるかもしれない。そんなときに医者が胃瘻をやめることに対する法的擁護が日本にはまだない。それ以上に死を受け入れる心構えが日本人には必要なのかもしれない。

✝食べることは生きること

「一〇二歳って明治生まれかな」、医局の電子カルテの前に腰かけて、隣にいる研修医の大和田先生に聞くともなく聞いた。社会人を経験して医学部にはいり、四八歳で医者になった人で、医者になる前はヘッドハンティングされるほどのファンドマネージャーだったという経歴をもつ。

「どうでしょう、大正時代はたしか一九二三年までで一五年つづいたはずですから、明治ではないんじゃないですか」とスクリーンから顔をあげて大和田先生が答えた。

「あっ、明治四四年だよ」カルテの記載を見つけて僕は驚きの声をあげた。

「へー、一九一二年が明治四五年で大正元年だったか。明治生まれですか。ほとんど見なくなりましたね」

「母を一〇〇歳まで生かさせたいって言ってた息子さんがいたなあ。僕の婆さんは九〇で死んだけど明治生まれだったよ。よく歩く元気な人だった」

宮本早苗さん、一〇二歳、明治四四年生まれ。食欲不振で施設から送られてきた。主治医になったのでデータに目を通しているところだ。

「長生きする人は血液データがいいんだよなあ」

大和田先生が興味深く画面をのぞきこんできた。

「ほら、腎機能正常、肝機能正常、高脂血症もない。尿もきれいだよ。施設で寝たきりだけど、食べられないって、これ、老衰じゃないの」

病棟に行って患者さんを診ると、寝たきりで拘縮があり会話はできないが、表情はあり、腕をつねると「痛い」と声をあげて僕をにらんだ。意識はしっかりしている。

ナースステーションの前の長椅子に息子さんが孫娘と座っていた。「主治医です」と声をかけると、高齢の息子さんはおそらく八十代半ばだろうか、背筋を伸ばし両手を張り体が緊張で固くなった。

横に座った。

「食欲がないということで紹介されて来られたのですが、今お母さんを診てきました。明治生まれの一〇二歳とかなりご高齢ですね。血液データは悪いところがありません。老衰のようにもみえます。ご家族と会話などされますか?」

「いえ、もう会話はできません」と息子さんは答えた。

「息子さんのことが分かりますか?」

「いや、分からないです」

医者を前にして緊張したのだろう、息子さんは視線が宙に浮かび表情がこわばっている。そんな父親をいたわるように横に座る娘さんが言葉を継いだ。怜悧できれいな顔立ちの女性だった。

「短い単語だけですね。いやだ、とか、痛い、とかだけだね」といいながら、彼女は父の顔を覗き込んだ。

「点滴をしてリハビリにはいってもらいます。嚥下評価と訓練をして、可能であればゼリーなどから食事を開始します。それでも食べるのが難しければ、栄養法を考えないといけません。流動食を鼻管や胃瘻で与える手段がありますが、何もしないで看取りという選択肢もあります」

じっと僕の顔を見ていたが娘は心得たように父親のほうに体を向けた。

「胃瘻は、もういいよね、父さん。鼻管もいいね」

父親は緊張した面落ちで前を見たままうなずいた。

「点滴はしますが、もって一カ月ですが、点滴が入らなくなると、水分の補給ができませんのでそのあとは自然になります。一〇日前後です」

「はい」と娘は父親の顔を確認して僕に答えた。

「急変時はどうされますか。夜間はナースが少なく、ずっと見ていることはできません。心臓マッサージはあの年齢であれば肋骨が折れて肺に突き刺さって肺出血を起こす可能性があります。そうなると胸が血液でどす黒くなって悲惨です。肺が破けて漏れた空気で胸がブヨブヨに膨らむこともあります。喉に管をいれて人工呼吸につなげばしゃべれなくなり、長引いて苦しめることになります。個人的にはすすめませんが」

「延命はしなくてけっこうです」

この息子さんと孫娘からは母にたいする、そして祖母にたいする愛情が伝わってきた。自然にまかせて逝くことが本人のためだと心から思っていることが伝わってきた。

「口をなかなか開いてくれないんですよ」。朝の病棟カンファの前に病棟に行くと夜勤明けの沙希さんが教えてくれた。患者を身近で見るのはナースで、その情報はとても参考になる。

アンチエージングに効果があり微量元素の補充になるといわれる漢方を処方してみたが、飲まず、トロミで飲ましても誤嚥しそうとの報告があり中止した。低ナトリウム血症があり塩を処方してみた。なめればいいと思ったがそれもうまくいかず、口をあけないので水に薄めて飲ませたらむせたという。

宮本早苗さんは自分が食事をむせることを知っていて、それがつらいので口をあけないのかもしれない。あるいはみずから死期を悟っているのかもしれない。

研修医が主治医になれば、心不全、低アルブミン血症と診断され、何のためらいもなく高価なハンプが開始され、血液製剤のアルブミンが投与され、低栄養を補うための中心静脈栄養が開始されるケースだ。

リハビリのオーダーをいれ、点滴は五〇〇ミリリットルにした。来週には二〇〇ミリリットルに絞って静かにその時を迎えさせるほうが本人のためでもあり、家族のためでもある気がする。

ところが人の生命力には計り知れないものがある。リハビリに理学療法士とともに言語聴覚士の前中さんにはいってもらっていたが、点滴で少し楽になったこともあるのだろう。前中さんがスプーンで口元へもっていくゼリーを口に溜め込まずにゴックンと飲み込むことができるようになったのだ。嚥下訓練がつづいた。数日後に前中さんから僕のピッチに嬉しそうに電話がかかってきた。

「薬師寺先生、嚥下訓練食を問題なく食べられます。指示もしっかりはいるし、食事もいけそうです。食事のオーダーをいれてください」

明るい声は伝染するもので僕もハッピーな気持ちになった。医師として僕がやったことは点滴のオーダーを入れただけだ。あとはすべて看護師、リハビリ、歯科衛生士、栄養士、看護助手の人たちが頑張って早苗さんの命をとりもどした。

早苗さんは再び食べはじめたのだ。自分の手でしっかりスプーンを握りしめ刻み食をゆっくりと自分の口に運んでいく。明治四四年三月に生まれ、明治、大正、昭和そして平成を生きる生命力に圧倒されずにはいられない。

✝食べないことは死ぬこと、死生観をなくした日本人

一〇二歳の早苗さんは今朝もゆっくりとスプーンを口に運んでいき、幸せそうにごっくんと飲み込んでいる。そんな彼女を見ていると、ふと、高校生の時に読んだ太宰治の斜陽の冒頭のシーンを思い出した。NHKのテレビドラマでも放映され、八千草薫が太宰の分身である作家に心をよせる「かず子」を演じていた。物語は朝食の場面ではじまる。かず子の母親が品よくスープを飲む描写が詳細に描かれ、テレビドラマも忠実にそれを映像に

していた。斜陽のなかの光のあふれるテーブルと、病院の殺風景なベッドの上のベッドテーブルとの違いはあるが、目の前で細い手でスプーンを持って、ゆっくりと嚥下食を食べる早苗さんが「かず子の母」と重なってしかたがない。

医学部受験をひかえた高校生の僕にとって、斜陽は不安で孤独で絶望的な自分を投影できる、退廃的で体制に背をむけた言葉がちりばめられた魅惑的な恋愛小説だった。作家の愛人の母親がスープを吸うシーンが執拗に描かれている理由を理解できず、蛇足に思えた。気になって本棚の隅で埃をかぶっていた文庫本を取り出してページをめくった。

朝、食堂でスウプを一さじ、すっと吸ってお母さまが、

「あ」

と幽《かす》かな叫び声をお挙げになった。

「髪の毛?」

スウプに何か、イヤなものでも入っていたのかしら、と思った。

「いいえ」

お母さまは、何事も無かったように、またひらりと一さじ、スウプをお口に流し込み、すましてお顔を横に向け、お勝手の窓の、満開の山桜に視線を送り、そうしてお顔を横に向けたまま、またひらりと一さじ、スウプを小さなお唇のあいだに滑り込ませた。

かず子の母が上品に朝食のスープを吸い、食べることの素晴らしさを描写して小説ははじまり、その母が病のために次第に体が弱り、食べることができなくなり、わが家で死んでゆく様が克明に描かれていた。

斜陽は一九四七年に太田静子の日記をもとに書かれたが、かつての日本人はこの小説のように自宅で死を迎えていたのだ。静子の娘、太田治子の本が太宰生誕一〇〇年のブームのなかで出版された。母から聞いた太宰との出会いがつづられ斜陽の背景がみえてくる。

太宰は下曽我の太田静子の家に日記をもらいに行き、彼女の家の飾り棚の仏像に合掌し「この仏のようなちゃんとした小説を、死ぬまでにひとつ書きたい」とつぶやいたという。

そして日記を手にする。常に死が身近で自殺未遂を繰り返していた太宰は自らの死生観と照らし合わせ、静子と死が近づく母との日々の記録に戦慄したにちがいない。病のためにしだいに弱って命が細くなり食べることができなくなり、家族のいる自宅で亡くなること、そんな死が自然であり、人は仏になるのだという太宰のメッセージが伝わってくるようだ。

ついに食べることができなくなった母の唇を、かず子はガーゼにお茶を浸してしめらす。親戚がとどけたサンドウイッチが枕元に置かれ母は死を迎える。

皆さんをお送りして、お座敷へ行くと、お母さまが、私にだけ笑う親しげな笑いかたをなさって、

「忙しかったでしょう」

と、また、囁《ささや》くような小さいお声でおっしゃった。そのお顔は、活《い》き活《い》きとして、むしろ輝いているように見えた。叔父さまにお逢い出来てうれしかったのだろう、と私は思った。

「いいえ」

私もすこし浮き浮きした気分になって、にっこり笑った。

そうして、これが、お母さまとの最後のお話であった。

それから、三時間ばかりして、お母さまは亡くなったのだ。枕のしずかな黄昏《たそがれ》、看護婦さんに脈をとられて、直治と私と、たった二人の肉親に見守られて、日本で最後の貴婦人だった美しいお母さまが。

お死顔は、殆《ほと》んど、変らなかった。お父上の時は、さっと、お顔の色が変ったけれども、お母さまのお顔の色は、ちっとも変らずに、呼吸だけが絶えた。その呼吸の絶えたのも、いつと、はっきりわからぬ位であった。お顔のむくみも、前日あたりからとれていて、頬《ほお》が蝋《ろう》のようにすべすべして、薄い唇が幽かにゆがんで微笑みを含んでいるようにも見えて、生きているお母さまより、なまめかしかった。私は、ピエタのマリヤに似ていると思った。

病院で老人の死を日常的に経験していると、斜陽に描かれた死がなんとも自然で荘厳で美しく思えてくる。高齢の入院患者の多くがこうして死にたい、子どもたちも両親にはこのように亡くなってほしいという理想が描かれているようだ。

今の日本の病院でこのように美しい死を迎えることは難しい。中心静脈につながれ口には挿管チューブがいれられて、手足が浮腫み変わりはてた形相に身内は近づくことをためらう。自分の意志ではなく胃瘻につながれ、ミイラのように枯れた物言わぬ老人がベッドに横たわり、見舞いに来た家族が誰か分からない。家族もオムツなどの必要な物品を届けたらあっという間に病室から姿を消す。現在の日本人は病院に延命をまかせ、死と向き合うことから逃げだし、まるで死生観というものをなくしてしまったようだ。もちろん患者の横に座り、手をさすりつづける人もいるが数は少ない。

どうして日本の医療は自然の摂理を冒涜するような医療システムを開発し、進化しつづけてきたのだろう。ある識者によると、それは治療すればするほど利益をあげることのできるビジネス体系のためらしい。患者の心がやめてくれ！と叫び声をあげていようが、おかまいなく人工呼吸器を動かし続け、胃瘻をつなぎ、鼻管を入れ、中心静脈栄養をつづければ利益となるのだ。

日本の医者は金の亡者ではない。良心的で患者の側に寄り添って働いている。しかし延命をつづけることで発生する医薬品や経管栄養や医療機器をビジネスとする企業にとっては、現在の日本の医療システムは打ち出の小槌なのだ。海外の企業にとってもそうだ。不必要と思える治療をすればするほど損をするシステムが必要で、本人や家族の望まない医療や延命によって病院が赤字になれば、この国も本気で仁術に取り組むのかもしれない。

早苗さんが退院したのはよく晴れた日だった。一〇三歳の誕生日を翌週にひかえた彼女はスプーンを手にして、主治医の僕など眼中になく病院最後の朝食をおいしそうにほおばっていた。ナースがよく口にする老人は可愛いという意味が分かるような気がした。

食べることは生きること、食べないことは死ぬこと。早苗さんが何を考えているのかは分からない。しかし僕が会った息子さんとお孫さんには死を受け入れる準備がととのっていた。早苗さんと彼女の血で結ばれた家族には日本人が忘れた死生観があることに気づいた。

✝ 生活保護でアル中の救命、ドブに捨てられる税金

健さんは当直の黒田先生がＥＲ（救急室）で診た患者でＩＣＵに入院していた。生活保護受給者でアルコール依存症だ。少し禿げはじめた坊主刈りの頭髪には白いものが交じり、高熱のために額に汗がにじんでいる。病気のせいか、それとも怠惰な生活のせいか、目は死んだ鯖のように生気がない。

「お酒は飲んでるんですか」

にやりと笑ってうなずく。

赤ら顔で無気力な顔を見ていると治療をする気力が萎えてくる。

「ご飯は食べているんですか」

「あまり食べません」

「家族は？」

「……」

「奥さんは」

「別れました。友人と住んでいます」

「女性ですか」

「はい」

そのとき突然ぴくぴくと上肢のけいれんがはじまった。

大酒のみが酒をやめるとアルコール離脱症があらわれる。手や全身が震えて発汗し、幻覚が見えるので最初はそう思った。

ところが体の小刻みな動きが持続し、止まったと思ったらまた震えはじめるのだ。まさか、と思いつつ後頭部をもって首を前屈するとガッチリと固い。髄膜炎かもしれない。生保でアル中なのだからといって何もしなくていいということはない。こういう人たちは元気になって退院しても約束を破って酒を飲み再入院してくる。六〇歳になる前に死ぬ人が多いが、それまでの医療費はすべて税金で払われる。

髄膜炎を疑ったからには血液培養を取り、抗生剤を直ちに投与し、そして確定診断のために髄液を取らなくてはならない。人命を救うことを叩き込まれた医者の条件反射のようなもので体をエビ状に丸めてもらい背中に針を刺した。ぽたりぽたりと落ちる髄液は濁っていた。細菌性髄膜炎だった。

黒田先生が通りがかり、「僕が見た時にはけいれんはなかったけどなあ」とつぶやいた。

「生保でアル中なんですけど、治療しなきゃいけませんよね」

「そうだね」と彼は答えた。

黒田先生ほど臨床力のある人が髄膜炎を見逃すのだろうか、いぶかったがすでに彼は研修医とともに次の患者のベッドに移動していた。

髄液移行のよい抗生剤とステロイドは使うことにした。ガンマグロブリンは治療指針には書かれていないし高価なので使わなかった。細菌性髄膜炎は恐ろしい病気で的確な治療をしても助からないことが多い。

付き添ってきたガールフレンドに病状説明をして情報を聞き、急変時のことを確認することにした。

体を小さくして、なんだかおどおどとしているように見えた。

「お酒はいっしょに飲むんですか」

「二人ともお酒は好きなものですから、かなり飲みます」

「どのくらい」

「焼酎六、七杯でしょうか」

「食事は」

「つまみに何かを食べるかんじですね」

「髄膜炎になっています」

「……」

「ばい菌が脳と脊髄という中枢神経の周りを流れる髄液に感染してしまっています。早急に治療を始めましたが亡くなることも多いです。助かっても障害を残すかもしれません。そこでお聞きしたいのですが、状態が急変したときには蘇生をしますか。具体的には心臓が止まった時に心臓マッサージ、呼吸が止まったときに気管に管を入れて人工呼吸器につなぎますか」

「……」

「あなたがキーパーソンでしょうか」

「……いいえ、お姉さんが二人おられて、次女の方が代表者です」

「人工呼吸器につながれた場合は毎日一〇万円かかります。ICUは長くいれないので出てもらい、一般病棟に移りますが、個室でないと人工呼吸の治療ができないので個室料が発生します。一日一万五千円です」

　僕は生保は無料だとは口にしなかった。聞かれれば答えればいい。どうせ退院すればまた酒を飲んでしまうアル中の生保に延命措置をする必要はない。口にしないが多くの医者が思っていることだし、直接聞くとはぐらかすが役所も同じ考えだとソーシャル・ワーカーは言っていた。

「……」

「一度管を喉に入れたら、今の日本では抜けません。良心の呵責にさいなまれて抜いた医者もいるのですが、殺人罪で訴えられています」

「私はできる限りしてほしいのですが」

蚊の鳴くような声だった。

「お金はありますか?」

「……」

内縁の妻で毎晩酒を浴びるほど飲んでいるのだからてっきり性悪かと思っていたが、性格はむしろ地味で健さんを想っていることが伝わってきた。内縁であることで実の姉たちに遠慮して肩身の狭い思いをしているようで、なんだか気の毒になってきた。

「髄膜炎は命が助かっても後遺症が残る可能性があります。つまりお金がかかるということです。キーパーソンのお姉さんに連絡を取って早急に決めてもらえますか」

テーブルの上に病状説明書を置いて部屋を出た。ドアを閉めるときに彼女がバッグから携帯電話を取り出しているのが見えた。

ナースステーションの電子カルテで他の病棟患者のデータを見ていると彼女がやってきた。

「電話しましたが、延命措置はしないでくれとのことでした」

　そう話す目は涙で濡れている。この人にとってはこのアル中が大切な人なのだ。

「分かりました」

　カルテにDNRと赤色で書いて急変時に蘇生はしないことを明確にした。

　ここでは普段は病院にかかる金がないために病気が悪化してから搬送される人や、終末期の老人も多いので入院中の死亡は珍しくない。呼吸が止まり、心臓が止まったときに蘇生をするかしないかをはっきりしておけば、夜間に急変したときに当直医も看護師も助かる。DNRなら当直医は主治医が用意している死亡診断書に死亡時間を書くだけでいいので、カルテをめくって死因を考える労力が省ける。

　治療が早かったおかげなのか健さんは死ななかった。しかし後遺症で起き上がることも食べることもできなくなった。鼻には管が入り流動食が流し込まれた。不快感が強く鼻管を手で抜き危険なので両手に手袋をしてベッド柵にくくりつけ抑制した。身動きがとれず不穏になり目つきが険しく暴力的になった。アル中の健さんの本性が見えた気がした。

　しかし、いつまでも鼻管を入れておくわけにはいかない。鼻管からの栄養では受け取る施設は少なく、自宅へも連れて帰ることができない。うちの病院はどんなに頑張っても三カ月、それ以上になると主治医には退院の圧力がかかってくる。病院の売り上げにひびいてくるのだ。

　鼻管の次は胃瘻からの栄養補給になるが、胃瘻なら引き取る施設は多い。これには家族の承認が必要だ。

内縁の妻には決定権がなく、姉二人を呼んで病棟のロビーで話し合いを行った。内縁の妻は話し合いの最中に一言も口を開かなかった。急変時の延命措置はしません、と姉たちの気持ちは固まっていて最初の課題は再確認した。妻の両目からひらりと涙が落ちた。

次は胃瘻だったが、これはお願いします、ということになった。

妻の顔に安堵の色がにじんだ。

胃瘻を造ると健さんは別人になった。笑顔がみられ、リハビリに励みゆっくりと手すりを握って歩けるようになった。口から食べる練習を繰り返し、ついには完全に経口摂取が可能になった。

朝の回診時には産経新聞を広げ、売店から僕の本を買って読み、サインをすると満面に笑顔を浮かべ、拙い言葉で話しかけてくる。まるで長年の親友になったような気持ちになった。胃瘻を抜去しお腹の穴もふさがった。リハビリチームは自宅調査の日程を組み、帰宅後に安全に日常生活を送るための計画を練った。健さんの周囲は希望であふれた。

ところが事態は急変した。六月某日に墓参りをするというので外出を許可したが、外泊にして欲しいと訥々と言い張るのだ。

よく話を聞くと、父親の法事で、彼は長男で式を取り仕切るようだ。内縁の妻は階段が多く不安だと控えめに外泊に反対だった。どうも親戚が集まりお酒を飲むのを楽しみにしているらしい。アルコール依存症の患者に一杯だけですよ、と言って裏切られた医者は数知れない。

「法事ではお酒を飲むでしょう。そうしたら終わりですよ」

健さんは必死になって説明するのだが、髄膜炎の後遺症で何と言っているのかよく分からない。自分で責任を持つ、というようなことを言っているようだ。

リハビリ室に二時間粘られ事務員の手を借りて病室に戻したが、翌日よたよたと玄関を出てタクシーに乗り込んだ。自分の責任で退院したが彼は生活保護を取得している。再び酒浸りの日々となり、アルコール依存症から肝硬変、肝不全と進み、あるいは肝がんを発症し治療には多額の税金が使われるだろう。

「リハビリの努力も水の泡になるかなあ」

リハビリ主任の中村さんの肩をたたいた。

「せっかく死の淵から生還したのに。自宅のほうも調査して手すりを作る予定だったんですよ。残念です」と中村さんが言った。

「何のために胃瘻をしたんだろう」

「薬師寺先生、それをいうならどうして髄膜炎の治療をしたんですか」

「そうだね。どうして髄膜炎の診断をしたのかな。まだまだ内科医としては未熟だな」

あのときアルコール離脱症の診断にしておけば治療は遅れ、彼は助からなかった可能性が高い。

ふと、黒田先生の表情を思い出した。彼は当直で健さんを見たときに髄膜炎を疑っていたのではないだろうか。生保でアル中、反射的に彼は診断しなかったのではないだろうか……。いや、そんなはずはない。ヒポクラテスの誓いでは医者は毒をもることを許されていない。診断から目を逸らすことは毒をもることを意味する。そんなことがあってはならない。

今度は中村さんが僕を見上げ、小さな手で僕の背中をポンとたたいた。

カルテの表紙には誰にでも分かるように赤色で「DNR」と書いた。自宅で死んでくればいいのだが酒を飲み始め、肝臓を悪くして、具合が悪くなりどこかの病院に頼っていくにきまっている。うちの外来に来ても診ないと彼には言ったが救急で搬送されれば当直の医師は診ないわけにはいかない。死にますよ、といわれても税金で酒を飲むようなものを救うことはない。それが二人の姉の希望でもあるのだ。息が止まっていれば挿管をする必要はなく、救急外来で看取れば、健さんに消えていく国の医療財源を真面目に生きている人たちの救命に使うことができる。

その後、一度だけ救急外来の前のソファに座る健さんを見かけた。横には内縁の妻が座り僕にしきりと頭をさげていたので気づいた。健さんの顔は、赤く、目はとろんとして、アル中そのものだった。やはり酒を飲んでいるのだ。僕を認めて彼の眼がニヤリと笑った。

それを見て彼が父の法事への外泊に固執したのは男としての意地だったのではないかと感じた。長男としてふるまう酒、主が飲まないわけにはいかないんですよ。あの酒は男として主として必要なもの、父への供養なんですよ。好きで飲むのではありませんよ、先生！

不自由な言葉で僕に向かって必死に叫んでいたのかもしれない。

健さんは男としての意地をはり、筋をとおすために自己退院をしたのかもしれないが、結局はみんなが心配していた酒に手をだして振り出しに戻った。彼が払った医療費は一円もない。必要最低限の生活のために支給される生活保護の生活費は酒代に消えている。それらはすべて国民の血税で払われている。健さんのような人ははやく死んでもらわないと日本の医療財源は枯渇してしまうのではないだろうか、国民皆保険という美名のもとに最前線で医療を強いられる僕らは、そんな医者として考えてはならないことを考えてしまう。資金があるのなら問題はない。しかし老人が増え、若者が減少をつづけるこの国の赤字財源のなかで、何かを切り捨てること、資格のない人にペナルティを課すことは必要ではないのだろうか。

✝ 黒か緑のトリアージ

東関東病院に来て一年が過ぎたころ、二〇一一年三月一一日、一四時四六分に宮城県沖で東日本大震災が発生した。千葉県でも揺れは激しく、僕は三階のナースステーションでカルテを書いていたが、かつて経験したことのない横揺れになすすべがなかった。看護師たちは勇敢で一斉に各病室に走り、入院患者の安否を確認しドアが閉まらないように体と足で踏ん張った。

東関東病院は徳山グループの六六病院の中で災害医療支援の拠点となっている。昨年は赴任しころにハイチ地震が発生し、徳山グループの国際医療救援チームTMATを率いて原口院長はハイチで活動中だった。彼は昨年秋にアフリカに医務官として出向していたが、この病院が災害支援の拠点であることに変わりはなかった。病院の地下にはテント、薬剤など支援物資が保管されている。

地震発生から一時間後、東関東病院から三名のTMAT先遣隊が派遣された。病院の救急車で千葉県を発ち八時間後の一二日午前二時、宮城県の仙台病院へ到達した。検問が多く通行に苦労したという。

仙台病院のリハビリ室に拠点を置き、被害の大きかった気仙沼市を視察し、市長と会談し支援地の段取りを決めた。仙台病院へもどると彼らに消防隊が近づいてきた。震災発生翌日のことで支援団体も少なくTMATの隊員が着ている救援の赤いジャンパーのユニフォームは目立った。

「実は」と話し出す消防隊員は気仙沼市の南部の本吉町の人だった。「病院が津波でやられて大変なんです」

この情報はまったくの偶然だった、と震災直後の報告のため病院にもどった先遣隊の新男看護師は語った。一三日、TMATの先遣隊は本吉病院に入り病院職員を驚かせた。

先遣隊の辻先生も帰ってきた。

「ほとんど黒か緑でしたね。亡くなったか、健康な人で、その中間の黄色と赤がなかったです。僕は仙台病院のERでずっとやってました。人手がなかったんです」

悲しそうな表情で辻先生は話した。

災害時のトリアージで黒は死亡、緑は歩ける人だ。津波の巨大な殺傷力が一瞬にして人命を飲みこんでひとたまりもなかったのだろう。僕は言葉を失った。

被災地の広さといい、推定される亡くなった人の数といい、想像を絶する規模の震災にNGOの医療救援チームTMATのみではなく、グループ全体で支援することが全国の院長会議で決まった。さらにグループの枠をはずし日本全国の病院、海外からもボランティアを募った。医師四名、看護師八名、事務三名のチームが構成され、約一週間の活動予定で連日、東京本部から派遣されることになった。

全国の院長会議といってはいるが決めたのは徳山一郎理事長だった。徳山グループは良くも悪くも創始者である徳山一郎のトップダウンの組織だ。僕のようなたまたま就職した者と違って、医者である理事長とともに医師会の圧力と闘い、今のグループを築き上げた幹部たちにとって徳山一郎は神のような存在だった。彼の言葉は絶対で誰一人逆らえない。

一〇年前にALS（筋委縮性側索硬化症）に罹患し体が不自由になった徳山はしゃべることができず、秘書が差し出す透明の文字盤を視線で読み指示をだしていた。首に巻かれたスカーフの下は気管切開で喉に開けた穴に人工呼吸器をつなぎ息をしている。車椅子で面会する彼の両脇に専属のナース二人が立ち、両腕を常に上に持ち上げて拘縮を予防するためにマッサージをつづける。排尿困難があるようで会談の途中でも他のナースが二人で定期的に腰回りをバスタオルで隠し、留置していると思われるバルーンから排尿する音が聞こえる。食事を口から食べることができず、お腹に穴を開けて胃瘻の管から胃へ流動食を流している。

誰もがそうであるように、はじめて徳山氏を目の前にしたときには言葉を失った。しかし僕の驚きは毎日病棟でみる認知症の胃瘻患者と彼のちがいだった。胃瘻、経管栄養、人工呼吸に補助されて生きていながら、グループの重要案件はすべて徳山の決裁を必要とした。神経疾患の人の胃瘻は延命じゃないんだ……、彼を見ているとそんな感動を覚えた。

薬局の高橋部長が宮城から戻り、医局にやってきた。医局秘書から千葉市の役所の書類を手渡されて、月に一、二回介護サービス審査会に出席してほしいという面倒な仕事を依頼され、何か断る理由はないかと思案しているところだった。

高橋さんは生き生きと現場の様子を話した。

「行ってきました。必要なものは全部向こうにそろっていて、体を暖かくするものを持って行けばいいですよ。風呂には入れないので着替えないでそのままです。僕も下着を持っていったけど一度くらいしか着替えなかったです。薬もそろっています。血圧、糖尿病など、薬のリストは私が向こうで作りました。食べ物も十分にそろっています」

災害初期のトリアージでは津波によって亡くなったか、生き残ったかの極端な二つのグループに分かれたが、今は生き残った人たちの健康が問題となりはじめているようだ。

✝ お年寄りの死が増えていく

僕の派遣は三月二九日に決まった。東京本部への集合時間は二三時だった。リュックを背負い、赤いジャンパーにジーンズという服装で西千葉から総武線に乗った。食料や水が手に入りにくく、何かと不便な関東をはなれ、実家の福岡に一時帰省する妻が僕の横にすわった。

「ジャンバーには日の丸があるし、東北に行くのは誰が見ても分かるよ」

と妻が言った。

東京へ向かう電車はガラガラで、リュックとスーツケースを電車の床において仮眠をとった。飯田橋で妻と別れてうす暗いホームに降りると、会社帰りの多くの人たちの視線を感じた。

本部には日本各地からグループの枠を超えた医療関係者三十数名が集結した。四階でブリーフィングが行われ、ＴＭＡＴの理事が出席したテレビが紹介された。

理事は前半こそ勢いがあったが、「この支援で何を大切に考えていますか」の質問に一瞬、沈黙した。それは震災直後に現地入りして救援活動にあたった自衛隊を含む多くの初動の救援部隊の気持ちを代弁しているようだった。阪神大震災での支援を経験した外科医の彼が緑と黒の紙しか切ることのない現場で、つまり歩いている軽傷の人か、死んでいる人しかいない状況下で、メスを握ることもなく、なすすべもなく佇んでいる姿が見える気がした。

翌朝六時一〇分過ぎに仙台病院に着いた。二台のマイクロバスからぞろぞろ降りて病院の裏口から入り、災害現場の本部になっているリハビリ室に集まった。入り口の左手には白板があり、南三陸、大船渡、階上、本吉、仙台病院ＥＲと派遣先が記載され、すでに派遣されている医療隊員、今日入る隊員、戻る隊員の名前を書いた付箋紙が貼ってあった。

荷物をリハビリ室に置いて食堂で朝食をとらせてもらったが、食器の内側にセロハンが貼ってあり、その上にご飯やおかずを盛るようになっていた。食べ終わればセロハンを捨てるだけでいいので食器を洗う必要がなく不足している水を節約できる。

朝食後にリハビリ室に今朝の到着組が集まり、誰がどこに配置になるかが伝えられた。僕は仙台病院のＥＲをこれから明日の朝までやって、それから本吉病院へ移動することになった。ＥＲ担当医師は三名で仙台病院の医師ではなく応援の医師で切り盛りしていた。震災直後に入った辻先生が言ったように人手が絶対的に足りないのだ。毎朝東京から到着すると翌朝までを担当し被災地に向かう体制が作られていた。

七時過ぎに前夜のER担当の先生があらわれた。

「引継ぎをしたいのでERに集まってもらえますか。手を挙げてください。東関東病院の薬師寺先生、虎の門病院の杉山先生、札幌病院の井田先生」

杉山先生は呼吸器内科の先生で四〇歳前後、井田先生は三十代の整形外科の先生だった。ERにはベッドが三つあり、入り口のベッドにはすでに救急車から搬送された患者が横たわっていた。

「検査は何でもできます。前の先生たちのやり方を見ていると、どんどん遠慮なく検査を出しているようです。分からないことは看護婦さんに聞くと、常勤の先生への連絡などやってくれます。循環器も脳外科もあってがんがんやっています。僕たちは三人で午前中いっしょに診て、翌日から被災地で活動するので体力を温存する必要があり、午後からは二時間ごとにシフトを組みました。一九時からは四時間ごとに区切って明日の七時までの割りふりを決めました」

そういうと、参考にしてくださいと壁に貼ったメモ用紙を指差した。午後からのシフトには一人で対応できないときを想定して、第二、第三の名前も決めてあった。

「震災から二週間が過ぎ、入院患者が増えているみたいで、六ベッドだった病棟にベッドを増やして八ベッドで対応しているようですよ。ナースは疲弊していますね」

仙台病院のオーダリングシステムは同じグループなので僕と札幌の先生には問題なかっ

たが、虎の門病院から参加した杉山先生は勝手が違い、井田先生が検査指示、点滴の出し方、薬の処方の仕方など電子カルテを前に教えはじめた。午前中は仙台病院のやり方になれるために僕らは分担して業務をこなした。一人が救急搬送された患者の診察をはじめると、一人はコンピュータに向かって検査指示や点滴の指示を入力し、他の病院に転送が必要なときには三人目が救急車に同乗して移動するといった具合だった。

昨日はそれほど忙しくなかったという申し送りだったが、今日は様子が違った。僕らが最初に診た患者は胸痛が主訴で、心電図で心筋梗塞を疑われERにあるエコーで心臓の動きを確認して連絡するとすぐに循環器の先生がやってきた。二〇分後に心臓カテーテルがはじまった。

次にERに運ばれて来た患者は、循環器にすでに連絡がはいっていた「たこつぼ心筋症」だった。阪神淡路の震災でもそうだったが、地震などショッキングな体験をするとカテコールアミンが過剰に分泌されて心筋障害がおきるといわれている。

その横に救急隊員が運んできた高齢の女性が動けないでいる。脱水だろうという安易な雰囲気のなかで、「おばあさん、名前を言ってください」と尋ねると顔は僕を見るが言葉がでない。それを見てすぐに虎ノ門がペンライトで目に光をあてると「だめだ、左方偏位している」、「握手してください」と言うと左手を差し出して僕の手を握りしめたが、右手ではできない。右足も動かない。左の脳梗塞か出血だった。ナースは徳山グループの職員が多く、医師不足、看護師不足、患者を断らずに何でも搬送されるという日々のなかで修羅場を潜り抜けているだけに動きに無駄がない。さっさと点滴の血管確保と採血をし尿道にバルーンを入れて医者に抜けがあれば言ってくれるので頼りになる。井田先生が大腿動脈から採血をして血液ガスと一般検査をオーダーした。在庫が底をついたのだろう、血液ガスシリンジキットではなく、僕が研修医のときにやっていたように少量のヘパリンで筒内を湿らせたシリンジを使っていた。

脳外科の先生がやってきて引き継いでもらった。疲れ切っているはずなのに、嫌な顔ひとつしないで仕事をこなしている。

病棟から重症肺炎の老人を労災病院に搬送する必要があり、救急車を使うので誰か医者に同乗してほしいと依頼が来た。僕が乗ることにした。病棟に行くと患者さんはしゃべることができ重篤感はない。病棟は満床で呼吸器の専門がいないので専門医のいる労災へ送ることになったのだという。杉山先生は「僕は呼吸器が専門なので、いつでも声をかけてください」と病棟ナースに言葉をかけていた。

二五台の救急車が全国の病院から仙台病院に集まり途切れることなく稼働していた。何度も救急車に乗ったがこんなに怖い救急車は初めてだった。消防署の救急隊員はサイレンだけは威勢がいいが、実際は安全運転でもっとはやく走ればいいのに、と思うくらいノロノロと進む。ところが仙台に集結した救急車の運転手はそうではなかった。自ら志願した人たちで臨床検査技師、薬剤師、レントゲン技師、リハビリや事務の人たちで人命救助は時間との勝負ということを日頃の勤務で体感している人たちがハンドルを握っていた。ビュンビュンとばす上に道路を走る車がすすんでスペースを空けてくれるので、反対車線だろうがお構いなしに進んだ。地震で道路のゆがみが多く亀裂の走っている場所もあった。

救急車には患者の妹というよいお婆さんが乗っていた。

「津波は大変でしたね」と僕は話しかけた。

「はーい、私の家は大丈夫だったんですけどね。姉の家は津波で流されて、私の家に来てるんですけどね。旦那さんと息子さんがね、まだ見つからないんですよ。疲れがたまったのかねえ、家で寝てばっかりですよ」

人のいい笑顔で答えるのだった。

夜はリハビリ室で寝袋にはいった。山登りが好きだった父が愛用したシェラフは羽毛で暖かかった。

仮眠をとりながら昼間の心筋梗塞と脳梗塞のお年寄りを思い出した。中年以降になると血圧や糖尿病の薬を定期的に服用する人が多くなる。この震災で予防薬をきちんと飲めなくなり、家族を失い、友人を失い、故郷を失ったストレスも加わり脳や心臓の血管がつまりやすく、破れやすくなっているはずだ。被災地の死亡率は増加するのかな、そんなことをまどろみの中で思った。

† 究極のなかで、誰もが受け入れた終末期の自然な死

三月三〇日、八時、気仙沼の本吉へ向かって仙台を発った。虎ノ門病院の杉山先生は階上、札幌病院の井田先生は今後の救援の重点地域と予想されている南三陸に向かった。

本吉病院へ向かう三人は、内科医の僕と羽生病院の佐藤さん、皆野病院からの清水看護師で、運転手は沖縄南部病院の金城さんだった。

ガソリンは高速に上がる前のスタンドで無料提供された。高速の入り口で運転手が挨拶をするだけでゲートがあがった。高速をしばらく走り、県道に降りたが、とくに被災を連想する風景はなかった。

「もうすぐですよ」というハンドルを握る金城さんがバックミラーを覗いて声をかけた。そして焼け野原のような風景があらわれた。道路の脇の民家の二階にバスが張りついている。一瞬にして町を飲み込み、バスを突き上げた津波の威力に誰もが言葉を失った。左手には山麓がひろがるこの地域にどのようにして海に発生した津波がとどいたというのだ。

到着して三日目でロジスチックスを担当している運転手の金城さんが説明した。

「私も聞いた話ですが、ここは海岸からは一・五キロあるんですが、津谷川をつたって津波がおしよせたのです。あっという間に田畑に海水がひろがり、病院の一階も飲み込まれた

そうです。院長先生が住んでいた官舎も水没して、奥さんとお子さんが水の中を泳ぐようにして助かったそうです。病院職員も家族が被災したんですが、入院患者がいるので家に帰らずに夜を徹して働いたそうですよ。薬は流され、電気もなく、水もなく、食事はおにぎりの差し入れがあったそうです」

本吉病院は道路沿いにあった。道路を左手に下りると病院の敷地で、調剤薬局を通り過ぎ病院の玄関に救急車は止まった。薬局のガラス張りのドアは泥水で汚れ人の気配はなかった。

三階建ての病院の前には、心電図、超音波など使えなくなった医療機器やソファが積み上げられていた。病院の入り口にはジェネレータが置かれ、黒いコードが玄関の中にのびて両脇におかれた蛍光灯に送電している。水道とともにまだ電気も復旧していないのだ。一階はガランとして何もなく、泥水に染まったピンクのカーテンが等間隔にぶら下がり、そこに外来のブースが並んでいたことを物語っていた。医事課の棚に紙カルテが保管されていた。水を浴びた土色のカルテが並び、僕の頭をこえたあたりから白く水気のないカルテになっていた。津波がこの境目まで届いたのだ。

波に襲われた中庭の前のドアのガラスが割れていた。外に出ると雲の合間から射している光をうけて、小さな木に赤い花がひとつ咲いていた。

「診療は二階」

手書きの指示にそって階段をのぼると二階には患者がひしめいていた。リュックを担いで廊下の椅子に座る診察待ちの患者の前を進み、奥の控え室にはいると大柄な医師が入り口に立っていて挨拶をした。

「僕は徳山グループ以外から来ましたが、これから帰ります」

引き継ぎもなくリュックを背負い職員に挨拶をしながら階段を下り、僕らの乗ってきた救急車で仙台病院に戻って行った。

いったい僕は何をするのだろう、きっと仕事を探せということなのだろう、などと考えていると「先生、こちらでお願いします」とジャージの上に白いエプロンをした女性が声をかけた。掃除のおばさんなのか事務員なのか分からないままに診察室に招かれ、椅子に座ると、一枚のカルテ用紙が机の上に置かれた。白衣は着ていないがナースかもしれない。赤いジャンパーを着たまま、オリエンテーションも引き継ぎもないまま診察が始まった。

「カーボン紙を使うんです」と処方箋とカーボンが一枚紙の横におかれた。

「これがオリジナルのカルテなんです」

一階のカルテ室から持ってきたものだが、津波が去って二〇日近くたつというのに紙はまだ湿っていた。

「いいですか」

落ち着いた、揺るぎのない口調で、ようやくジャージ姿の女性がナースだと分かった。

「はい」

と答えると、患者さんがはいってきた。

患者はどの顔も疲弊していた。

営業の車でたまたま行先を変更して間一髪で津波から生き延びた患者さんがいた。気仙沼の街が燃えて、夜空が赤く染まったという話を別の患者さんから聞いた。

「どちらからですか」と七十がらみの女性が聞いてきた。

「千葉です」

「遠いところからご苦労様です。こんな恰好で申し訳ありません。水がないんで、風呂に入ってないんですよ。髪もあらってなくって先生の前ですみません」

患者が風呂に入っていないことをすまなさそうにしている。断水がつづいているのだから大変ですね、と僕がいたわらなければならないというのに……。何と答えていいかとまどっている僕の目をみて柔和な瞳が微笑んだ。

患者が途切れ手足を伸ばして一息ついていると、ドアの前に同じ赤いジャンバーを着た医師があらわれた。

「はじめまして」と、ひとなつっこい笑顔がひろがった。「篠塚といいます。僕は徳山グループではありませんが、手をあげて参加しました。千葉県の松戸の病院からで感染症が専門です。昨日来たばかりです」

彼は控え室の説明をしてくれた。所狭しと支援物資が置かれ、机の上にはお湯がグツグツと沸いている鍋があり、缶詰、ご飯のパック、レトルトのカレーなどが入っていた。「好きなときに好きなものを食べることになってるんです」と篠塚先生は言って、畳の上にあぐらをかき、鍋からご飯とハンバーグを取り出した。

診療を終えて昼食にあらわれたもう一人の先生は、出雲病院の内科の医師だった。出雲では一人で三〇人の入院患者を診ているといい、すっかり本吉病院の診療になじんでいるようだった。畳の上に座り込みカップヌードルにお湯を注ぎ、ご飯と缶詰を食べはじめた。

外に出てみた。田んぼだったと思われる一面は木材やさびた鉄の塊となった車が散乱している。周囲を山に囲まれ、田畑よりも高く走る道路には津波は到達しなかったようだ。あらためてこんな山に囲まれたところまで津波が押し寄せてきたことに驚かずにはいられなかった。

三人の医者での午後の診察は余裕があった。パラパラと人がくる。一日で七〇から八〇名の外来患者が来院した。

夕方は訪問者があり、検査室に人が集まった。検査キットを東北大学が手配をして配っているのだ。キットを無償提供している会社の人が使用方法を説明し、気仙沼市立病院で災害救援の陣頭指揮をとっている成田先生の姿もあった。彼らの中心になり状況を説明しているヤギひげのめがねの人は、本吉病院の四人目の応援医師である関東ＭＴＴ病院の脳外科医の渡辺先生だった。

視察団が去ったあと控室で彼と話をした。四十代の中堅の先生だが、災害医療に参加することが夢で、いくつかの災害支援のメンバーに登録をしているのに実現したことがなかったと話し出した。

「いつも手をあげるんですけど、行かしてもらえなかったですね。今回は、ＴＭＡＴが外部にも門戸を開いてくれたでしょう。感謝してますよ」

翌朝、鹿児島病院と宇治病院から二名のナースが到着した。

朝の業務は気仙沼の災害本部のミーティングに参加するチームと診療をするチーム、そして巡回診療をするチームに分かれる。

僕は二日目も診療から入ったが患者は診察室の前に座って待ち、海水にぬれたカルテが机に置かれる。前に診た医者が記載した処方は風邪薬や花粉症の薬が多かった。お年寄りが多いのだが、彼らがいつも飲んでいるはずの血圧の薬、糖尿病の薬の処方は少ない。

血圧が上がり、血糖値があがったお年寄りはたくさんいるはずだ。病院に歩いて来られる人はいいが、避難所にいる人たちはどうなっているのだろう。仙台に着いた初日の救急外来でみた心筋梗塞と脳梗塞の患者さんを思い出して不安になった。

午後の巡回診療は、市役所を経由して近くの老人ホームへ向かった。

本吉病院のナースが一人ついていた。エプロン姿で僕らが着ている赤く派手なジャンパーと比べると地味だが、実際は地元の職員の存在が要になり、活動の成功のカギとなっていた。

老人ホームは震災のすさまじさを別の形で物語っていた。廊下までベッドがあふれ、寝たきりの老人が横たわっていた。病室には人がようやく通れるくらいの間隔でベッドが詰め込まれている。他の施設からも搬送されているのだが、受け入れ先はここしかなく、満床を理由に断れる状況ではないのだ。

僕はこのような光景をかつて見たことがある。もう二〇年以上も前になるがボランティアで行ったアフリカの最貧困マラウイ、そこの小児病棟ではベッドが詰め込まれ、子どもたちがベッドに二人横たわり、母親たちは床に座り、足の踏み場もなかった。その光景が目の前の病棟と重なって見えるのだ。

「ではこちらからお願いします」と老人ホームの職員に言われて我にかえった。廊下側のベッドからひとつずつ回った。胃瘻の人は多かったが、窓際のベッドに熱が下がらない患者がいた。呼びかけても反応しない認知症のすすんだ患者だった。胃瘻の挿入部がただれ感染をおこし膿が出ていた。セフィロームの投与がつづけられ、毎回違う医師のサインがつづいていたが、週三回の巡回診療での治療はもはや限界だ。ここで看取ることが決まっているならやり方がある。

「DNRですか?」

DNRならスペクトルの狭い抗生剤に変えて、その旨をカルテに書けば次に来る医者に分かってもらえる。志願してくる医者は臨床の最前線で働く現役の先生ばかりだ。僕の指示は受け継がれ、なかには抗生剤をやめる医者がでてくるだろう。

「それは確認していません」と情報ファイルに目を通していた職員が言った。

ということは助けなくてはならない。

「助ける必要があるのなら、ここではもう無理です。家族にDNRを確認してください。延命を望むなら総合病院への搬送が必要です」

スタッフは一瞬困った顔をした。気仙沼市立病院は満床なのだ。宮城県内の病院が無理なら山形、秋田へ送ることも検討されるかもしれない。

次のベッドに移って診療をつづけたが、さきほどの患者の移動の準備がはじまった。どうやら搬送が決まったようだ。それを見ながら、ひょっとしたらこれまで老人を診察した医師たちは、今よりはるかに混乱した災害直後の状況の中で救命の優先順位を考えたのではないだろうかと思った。寝たきりの喋ることのできない老人の感染が広がり、敗血症に進展し亡くなることを黙認したとしても不思議ではない。

僕ら救援チームのもう一つの業務に避難所への巡回診療があった。この頃には若い人たちは避難所から出て、自分で車を運転し、機能回復を徐々にはじめた薬局へ行くようになっていた。ここで最後に残るのはお年寄りだった。子どもたちは離れて仕事もありなかなか来ることができない。薬を買いにいくにも移動がむずかしい。用意されつつある仮設住宅の新しい環境へ順応できるかも不安だ。高血圧や糖尿病の治療の問題はあったが、ここでは眠れない、希望が持てないなど、うつ状態に陥っていく老人が多かった。安定剤のデパスや眠剤を処方している目の前で、「そうですか、千葉からですか、よく来てくださいました」とお礼を言ってくれる人が多く、東北の人たちの心根の暖かさを感じると同時に、笑顔と心の内側に潜む闇との落差に不安を感じずにはいられなかった。

本吉病院へ来院する患者数は日に日に増えてきた。それと並行して救急もちらほらと散見するようになった。そして昼間みた胃瘻の感染の老人のようにここでは診られない患者がでてきた。上位の病院への搬送が必要となったが、仙台病院もそうだったように、受け入れ先の気仙沼市立病院は頑張っていた。満床で医師不足にもかかわらず、電話をすると不平を言わずに受けてくれた。疲労困憊しているはずの常勤の医師、ナース、薬剤師、技師、そして事務方を支えたのはプロとしての意識の高さだろう。ボランティアの派遣も各病院の理解と支援に支えられていたが、常勤のスタッフの頑張りにはとどかない。

心筋梗塞の疑いの患者が来院したがトロポニンは検査できない。担当した医師は循環器が専門で「心電図と症状、そしてポータブルエコーの所見を伝えると気仙沼市立病院は受けてくれました」と目を輝かした。

はやいもので本吉病院の活動も余すところ一日となり、夜のミーティングで僕は気になりはじめたことを発言した。

「町の機能はゆっくりですが回復してきています。ＴＭＡＴの支援がつづいている本吉病院は南部の地域医療の拠点になりそうですね。これからは救急車が増えるんじゃないですか。ここで対応できることは頑張って、難しければ気仙沼市立病院に送るというシステムが必要になりそうです」

「僕はみなさんより長く二週間の休暇をもらってきたのでより変化が見えます。たしかに患者さんは少しずつ増えてますね」とＭＴＴ病院の渡辺先生が言った。

僕は昼間確認した薬剤の話をした。

「ボスミンが三本しかないですよ。ステロイドもデカドロンが三本です。ＣＰＡ（心肺停止）

や、重症の喘息発作が来たらどうしますか」

これを皮切りにみんなが思い思いのことを話しだした。

「デカドロンとは渋いですね。喘息発作は三回まで治療できますね。CPAなら三回までは蘇生はできます」

「老人ホームからも増えそうですね。でも話もできないんだから割り切っていいでしょう」

「ボスミンは三本しかないからね」

「避難所はどうですか、老人がたくさん残っていて、ほとんどの人たちが歩くことも、話すこともできますよ。僕らの両親と同じ年代の人たちですが、彼らがCPAで搬送されたら割り切ることはできないでしょう」

「一本、二本、三本で終わりは後味悪いね」

「気仙沼の災害本部とかけあって、救急や蘇生に対応できる薬の備蓄が必要になりますね。明日の朝、本部へ行くチームにお願いしましょう」

最後の夜に老人ホームから救急車で搬送されるお年寄りがあった。確認するとDNRだった。その時期には米国で感染症専門医として働いている千葉大医学部の医師もいた。

誰がいうともなく言った。

「DNRか、看取りだね」

それに反論する人は誰もいなかった。

篠塚先生が職員と家族に説明をした。

ベッドもなく薬もない極限の状況では、医者は迷うことなく死の宣告を行い、家族はそれを抵抗なく受け入れることができる。ふと寝たきりの老人が横たわり、点滴、抗生剤、胃瘻、鼻管、中心静脈を日常業務としている病棟が脳裏に浮かび、この違いは何なのだろうと思った。

四月三日に僕は本吉病院をあとにしたが、その前日に電気がつくようになった。水はあいかわらず夕方のタンク車の配給を待った。

ようやく冗談を言いあえるようになった常勤のナースたちと写真を撮った。宇治病院の吉岡ナースは涙が止まらず本吉病院のナースに笑顔で励まされていた。夢が実現した渡辺先生は満面の笑みだった。みんなTMATの活動がもう少しつづき、常勤の先生があらわれ、軌道に乗ることを願っていた。僕らが去った翌日には、七〇、八〇人だった外来患者数が三五二人に跳ね上り、それからは二〇〇名前後の患者が来院する日がつづいた。

仙台病院では風呂を使わせてもらった。本吉病院からともに戻った四人と風呂の鏡の前にすわり、六日ぶりにシャワーで髪と体を流してすっきりとした気持ちになった。階上に派遣された虎の門の杉山先生も戻ってきた。

帰りのバスは渡辺先生が隣だった。白河インターに近づいたころだろうか、右手のかなたに美しい山並みが連なっているのがみえた。山登りが趣味の渡辺先生が身をのりだし「登ったんですよ」と山の名前を教えてくれ、カメラを取り出して写真を撮りはじめた。

東京にはいると何度か一時停車を繰り返し、新幹線に乗るために、ホテルへの投宿のために、赤いジャンパーのボランティアたちがボツボツと降り、本部に着いた時には半数ほどになっていた。

「これから病院に行きます。明日から診療なので、整理しないと大変なことになります」、と虎の門病院の杉山先生が笑った。

渡辺先生は名残惜しそうに本部のビルをみつめ、闇のなかへ消えた。

電気を落とした東京の街はまるで別の都市のように静かで情緒がただよっていた。福岡からもどった妻が地下鉄の出口で待っていた。

「山からおりてきたみたいね。ご飯食べようか」

近くのホテルのレストランがあいていた。

福島のフクさん

五月某日、被災地の福島県から逃れるようにして千葉県にやってきた八九歳のフクさんが開業医からの紹介で入院してきた。寝たきりで歩くことができない。紹介状の診断名は心不全と腎不全。厳密にいうなら何が原因で腎不全になり心不全になったのか分かれば根本的な治療ができる。しかしこの歳で自力で歩くことができなければ原因が分かっても治療できることはあまりない。

被災地では寝たきりの老人の受け入れ先が不足して困っていると報道され、徳山グループでは受け入れをするという理事長の指示があった。千葉県へは茨城県を越えるだけで来ることができる。福島県からのアクセスがよいので寝たきり難民が大量に押し寄せ病院はパンクするのではないかと心配したが、実際に搬送された患者数は多くなかった。主治医になったケースは二名で、いずれも寝たきりで認知のある患者だった。福島の病院の主治医からの紹介状には、現場の大変さ、疲弊が手に取るように伝わってきた。

「入院中にＤＮＲは確認していますが、そちらでも確認していただければ幸いです」

いずれの家族も胃瘻をふくめた延命はしないと電話の向こうで力なく希望した。

「自分たちが生きていくのも大変です。会話もできませんし、胃瘻をしても受け入れ先を探すのが大変です。福島にはありませんし、子どもたちに迷惑をかけるわけにはいきません。ご迷惑をかけますが、よろしくお願いします」

そんな張りのない声が受話器から聞こえた。

フクさんは被災地から来た三人目の寝たきりの患者だった。他の二人と違うのはフクさんには認知症がなかった。頭脳明晰でただの挨拶をこえた、心にとどく言葉を持った魅力的な人だった。

震災から五日後の三月一六日に千葉県佐倉市の長女の家に避難し、その後、市原の次女のところに身を寄せた。手足の浮腫みが進行し、食欲も落ちて、立つこともできなくなっていた。

　家族を前に救急病院では必ず聞くことを口にした。

「急変時には延命措置をしますか」

　フクさんの娘さんはすでに心を決めていた。一通りの延命措置の説明を終えると、「自然にお願いします」そう言って、「苦しいことはさせたくありません」と僕の目を見た。カルテにはＤＮＲと書いた。

　ベッドの上のフクさんは饒舌だった。

　震災の当時を聞くと、「そりゃあすごがった。目の前を人が流され、車が流され、なんもかんも流されてしもうた」

　大正生まれの八九歳はとても病人とは思えない太く元気な声で話した。

「ここのごはんは味が薄かっぺ」

　フクさんの食は進まない。腎臓食、心臓食だから塩分も抑えてある。東北は濃い味なのだろう。透析もしないのだから最後は味のあるものをと思って普通食に変えたが、最初だけは八割食べ、あとは数口しか食べなかった。二日後には何も食べなくなり、点滴からの栄養のみが頼りとなったが、それも浮腫みのひどい手足には血管確保が厳しくなり五日後には点滴が入らなくなった。

　水分と栄養を補給するのに鼻管から胃への流動食は可能だが家族はそれを望まず、僕は安堵した。

鼻管からの流動栄養で患者は一時的に元気になり、退院できる状態になる。しかし鼻管の患者を受け入れるのは療養型の病院だけで、そこの費用は高い。安価な老人ホームは胃瘻でないと受け入れてくれない。病院にいつまでもいることはできない。鼻管を抜いて看取るのに罪悪感をもつ家族は多く、結局は僕の勧めたくない胃瘻になってしまうことが多い。鼻管栄養という一時しのぎの手段をとって家族を迷路に追いこまなくていいことにほっとしたのだが、それ以上に自然に逝くのがフクさんの幸せだと感じていた。

フクさんは水を含んだガーゼを口に浸す程度になった。言葉数こそ減ったもののベッドサイドに立つとフクさんは目をはっきりとあけて挨拶をしてくれた。福島から息子さんも来て家族は毎日病室を訪れた。

入院から一九日目に病室はナースステーションの隣に移り臨終が近づいたが、フクさんはその日も僕を見てしっかりとうなずいた。

部屋を移って二日目の朝、病棟に行くと夜勤の沖野ナースが近づいてきた。

「おはようって言ったらしっかりうなずいていました。その一時間後です。家族は間に合いました。フクさん頑張った」

死化粧が終わったばかりのフクさんの顔に朝陽があたり、しわがくっきりと刻まれ、浮腫みはなかった。今にも元気な福島弁が聞こえてきそうな気がした。

†胃瘻が自費なら死なせてあげたのに、娘さんの苦悩

食欲不振、めずらしくもない主訴で村松さんが僕の外来に現れたのは、五月も終わるころだった。誤嚥し肺炎をおこしていた。

会話はできず、車椅子に座わらせてもらって食事をするだけで、自分で車椅子を動かすこともしゃべることもできない。脳梗塞があり、統合失調症の診断がついていたが、幻覚があらわれたり感情が混乱することもなく、石のようにじっとしているだけだ。

「母はわたしにとってかけがえのない存在です」

娘さんは静かに口をひらき、言葉を選ぶように話しだした。

「急変時は、延命はしなくて結構です。最初の入院のときは感じなかったのですが、入退院を繰り返すたびに母はあんな風になって、私が分かっているかどうかさえ分からないようです。ああして生きていてはたして幸せなのか、かわいそうでなりません」

肺炎が改善しても食べることができなければ、胃瘻をするかしないかを決めないといけない。

「苦しみを長引かせるだけのようで、胃瘻はしたくない気持ちがあります」

「ご家族とよく相談されてください」

「家族はありません。私の家族はありますが、姉は亡くなり、父も亡くなっています。母が生きていることは私にとっての支えになっています。でも、今のままで生きていてもはたして母が幸せかどうか、分からないのです」

娘さんは僕の目を見つめた。薄く涙が浮かんでいる。

血管は細く、一週間もすると点滴が入らなくなった。こうなると胃瘻をしないのだから看取りになる。

「点滴がはいらなくなりました。経口摂取の訓練はしていますが、十分な量ははいりません。このままいけば一週間から二週間で自然に逝かれます」

最初は元気だった受話器の声がぴたりと止まり、歯切れのわるい別人のような声が聞こえてくる。延命はしないと決めても迷う家族は少なくないのだ。

「それは……、他に手段はないのでしょうか」

「延命はされないとのことでしたので。では、胃瘻をされますか？」

「いえ、胃瘻はしません」

「大きな血管に点滴をする中心静脈栄養がありますが、感染は必ず起こり、先に延ばすだけです」

「……分かりました」

「経口摂取の訓練はつづけますがあまり期待できないと思います。気持ちが変わったら、電話をください」

いったん切られた電話が再びなりだしたのは一時間もたたないころで、受け持ちのナースから連絡があり、僕のピッチにつないでもらった。

「やっぱり迷っています」

受話器の声は苦しそうだった。

「点滴もはいらず、食べなければ、飲まず食わずなんですよね」

「そうです。一週間から二週間で旅立たれます。胃瘻をされますか」

「それはしたくないのです……、でも何もしないのは飢え死にさせるようで」

それが自然だということを理解できない人はめずらしくない。この病院に赴任して最初のころはじっくり説明していたが次第に面倒になってきた。患者は増える一方で患者の対応に忙しく時間に余裕がない。

「分かりました。それならば鼻管を胃に入れて流動食をとりあえずやりましょう」

「……」

「チューブを鼻から胃にいれます。それに流動食を流し込むのです。栄養は食べるものと同じです。最初は一〇〇ミリリットルを三回ですが、毎日一回を一〇〇ミリリットルずつあげて、だいたい九〇〇ミリリットル、栄養で九〇〇キロカロリーはいるようになります」

娘さんは納得したようだ。

この病院に患者は長くいることはできない。どんなに長くても三カ月、それを超えると指導がはいる。鼻管で行ける病院は限られており、医療ソーシャル・ワーカー（ＭＳＷ）に受け入れ先の選定を依頼した。

数日後、病棟師長が話しかけてきた。

「娘さんは療養型病院へはやれないというのです。二〇万円が必要でとても負担できないそうです」

胃瘻はしたくない。かといって水も食事もあたえないで自然にまかせるのは見殺しにするようでいたたまれない。鼻管や中心静脈栄養で受け入れてもらえる療養型病院は月に二〇万円かかり余裕がなく難しい。病院にはいつまでもいることができない。となれば、半額程度で行ける施設に行くしかなく、そのためには胃瘻することが必要となる。

娘さんは胃瘻をすることを決めた。僕の説明を黙って聞いて同意書に無言でサインをした。

胃瘻は無事に造設され、退院調整の段になって、市役所が僕に面談をもとめてきた。

三〇前後の女性でエレベーターの横に座って待っていた。他の患者の対応で約束の時間に三〇分遅れて行ったが、名刺には生活支援課、日口とあった。

すっと渡されたのは病状説明書だった。病状説明といっても、誤嚥して肺炎になって入院したが食べることができないので胃瘻にした。それだけのことだ。

市役所からわざわざ来た理由は村松さんが生活保護だからだった。

医療ソーシャル・ワーカーの佐藤くんも同席し三人で話したが、本質的には事情聴取であり無言の圧力を感じた。市民の税金を管理をしている役所にしてみれば当然のことだろう。

「退院後は老健（介護老人保健施設）に移るとのことですが、特養（特別養護老人ホーム）にはどのくらいで移るんですか」

日口さんは佐藤くんのほうを見て聞いた。

「半年か一年でしょうか。なかなか特養に空がなくって」

「なるべく早く移っていただくようにお願いします」

「老健は三カ月しかいれないんですよね」と僕は聞いた。ＭＳＷと違って医者は概してこのシステムをよく理解していない。

「そうですね。社会復帰へのリハビリが目的ですから」

「特養のほうが安いんですか？」

「そうですね」

「生活保護であれば地方自治体からの支援になるんですよね」

「そうです」

僕は思っていることを口にした。

「胃瘻は最初は望まれなかったんですが、お金の段階になって、療養型の病院は断念されました。何もしないのは、飲まず、食わずの状態にして、見殺しにするような気がするといわれて胃瘻になったんです。認知症の胃瘻の保険はやめればいいんですよ。なまじ支援してもらえるから家族は迷うようです」

診療情報提供書を書き、退院処方を書き、ＤＰＣを打ち込み退院の準備をすませ、ベッドサイドへ行った。

「村松さん」

何の反応もない。

「村松さん！」

と耳もとで言ったが目もあけない。胸の粉瘤が膿を持った時に切開し排膿をしたが、そのときだけは「痛い」と目を開けた。

「何のために生きているのか、幸せだかどうだかも分かりません。延命は望みません。胃瘻もしません」娘さんの言葉を思い出した。なのに、日本の手厚い医療制度のなかで彼女は結果的に胃瘻を造設することを決めてしまった。無言で同意書にサインする彼女の辛さが思われる。

僕はうまく命を終わらせる方法をとればよかったのかもしれない。たとえば肺炎になったときに抗生剤の量を少なくする、中心静脈をいれて感染を起こしやすくするなどの何らかの手段があったはずだ。その死を娘さんは素直に受け入れただろう。しかしそんなリスクを冒すような誠意は僕のなかにはなかった。

「自分で負担できないのなら胃瘻などやめて欲しいですね」

面談の最後に独り言のように日口さんが言ったが、市民の貴重な税金をあずかる役所の本音なのだろう。生保の患者は治療に対する謙虚さに欠けた人が多い。無料で提供される医療を当然の権利のように主張する。一方、日雇いで頑張り、年金を切り崩して生活している人たちは、お金が払えないからと高価な治療を辞退し、個室代が払えないという理由で延命を拒否する人が多い。

病床に横たわる村松さんは石のように動かず、しゃべらず、目も開けず、呼びかけにも答える気配がない。娘さんが言うように生きていて楽しいのか楽しくないのか、まったく不明で彼女が胃瘻を望まなかった理由もここにある。しかし飲まず食わずにすることが見殺しになると罪悪感にさいなまれ、金銭的にも療養型病院には入所させてやれなかった。娘さんはどんな気持ちで胃瘻がつくられた母を見ているのだろう。ぱったりと彼女は見舞いに来なくなった。

国が認知症の胃瘻は自費でするると決めていれば、彼女は迷うことなく看取りを選択しただろう。金銭的に余裕のある家族が迷えばいいのだ。不平等には違いないがどこかバランスのとれた現実的な医療政策だと思う。現場で医療制度の矛盾を毎日つきつけられていると、弱者切り捨てと大学院の教官時代に批判していたアメリカの医療制度がとても分かりやすく思えてくる。

✝ 地獄の病棟
わたしが何をしたというのだ、家に帰してくれ！

一〇月某日、病院に行くと当直の上杉先生が近づいてきた。水色の術衣を着て寝不足の顔をしている。非常勤で患者を丁寧に診るたよりになる救急の先生だ。

「先生の患者さんで、五階の尾崎亮一さんっていますか」

「いますよ。九四歳の爺さんですね」

「意識レベルが落ちたと病棟から連絡があって写真を撮ったんですが、左肺が真っ白でした。酸素投与だけでなんとかサチュレーションが九〇台を保てているのでマスクで見てます。おそらく誤嚥だと思います」

「ありがとうございます。あとはやります。多いんですよね。老人で食べられなくなった人が、そして誤嚥を繰り返すんです」

上杉先生は目で笑った。

医局の電子カルテでみるとたしかに左肺が真っ白になっている。

病室に行くとベッドに横になって酸素マスクをつけて苦しそうに息をしている。昨日の活気はなく、意識レベルも落ちてきている。これで亮一さんも楽になれる、暗闇のなかで光が差した思いで娘さんに電話した。夫が電話に出て、仕事に出て電車の中だというので伝言を残した。携帯から電話がかかったのは八時半だった。

「左肺が真っ白で重症の肺炎です。誤嚥したようです。今は酸素マスクをしてなんとか安定していますが急変の可能性があります。確認ですが、息が止まったときに気管に管をいれますか？」

「それはお願いします」

入院のときと答えは同じだ。

「胃瘻もしない、ポートから中心静脈栄養もしないのに、挿管をして延命されるのですか？日本では一度挿管した管はぬけないのですよ。仮に肺炎が治って管が抜けても栄養失調で亡くなるのですから、長引かせて、お父さんを苦しめることになりますよ」

「……お願いします」

娘さんはモンスター家族にも、年金目当てに延命を望む人にも見えない。見舞いに毎日きて温和で控えめでものをわきまえた人だ。歯科衛生士で在宅訪問を業務とし、胃瘻や鼻管の患者をたくさんケアしている。それだけにそのような老人の末路を知っているのだろう、入院のときに即答で胃瘻、鼻管の栄養はしないでほしいと言い切ったが、心臓マッサージはして欲しいと希望していた。

「お父さんは食べることができないんですよ。肺炎も重症で、幸い意識レベルも落ちています。このまま逝かせてあげたほうが本人のためにもいいと思いますよ。とにかく病院に来ていまの状態を見てください」

不愉快な思いで受話器を置いた。ＤＮＲなら抗生剤を使わなければ肺炎は進行し、二酸化炭素がたまれば意識がなくなって苦しまずに死を迎えさせてあげることができる。なのに電話の向こうで家族は急変時の積極的な治療、つまりフルＣＰＲを望んだのだ。

それが希望なのだから肺炎を治さなくてはならない。僕は血液と痰の培養を取り抗生剤をメロペンにした。一四日間使って肺炎が治らなければ治療をやめるように再度説明しよう。こんな強い抗生剤を使いつづければ耐性菌が栄養たっぷりの老人の肺でつくられ、スタッフを介してどんどん院内にばらまかれてしまう。なるべくはやくメロペンをやめて、助けなくてはならない患者が抗生剤の効かない耐性菌に感染するリスクを少なくすることが医者の倫理というものだ。

九四歳の尾崎亮一さんが入院したのは五日前だった。娘さんが車椅子を押して僕の外来に入ってきた。主訴は「食事ができない、水分のみ」だった。先月は他の病院に肺炎で一週間入院したが、退院したあと、食事がとれなくなりこの病院に来た。

「総合病院でカルテもあるし、前の入院の情報もあるのに、そこの病院に行かれなかったのですか?」

「遠いこともあり、行きたくないので」

ポツリと娘さんは言った。

何気ない医者やナースの一言で患者や家族が傷つくことがある。どんなに誠意を見せても、粗を探して文句を言ってくるモンスター家族もいる。こればかりは分からない。関係を悪くしてその病院には二度と行きたくなくなったり、逆に病院から診療を拒否されることもあるが、入退院を繰り返すうちに家族はしだいに病気を理解し、医者の言葉を冷静に聞けるようになることは多い。

来週からは在宅診療をしている山田先生との面談が予定されている。体力的にも病院への通院がむずかしくなり、自宅へ医師が訪問する在宅に切り替えるのだ。

入院した尾崎さんは認知症の症状がまったくなく、自分の意見をきちんということができる人だった。胸のレントゲンでも血液所見でも肺炎はなかった。

食べることができなくなったということは老衰ということだろう。

「私は歯科衛生士をしていて、訪問介護をしているので、よく分かります。胃瘻の患者さんをたくさんみていますが、胃瘻はしなくていいと思います」

おだやかな言葉だった。

「鼻管はされますか?」

「鼻管もしなくていいです」

「では、急変時の延命はどうされますか」

「延命はしてください」

「一度、管を気管に入れたら抜けませんよ」

「はい、分かっています」

「それなら中心静脈からの栄養はされますか。ポートを植え込むことができます」

「……それもしなくていいです」

「口から食べられるようにならなければ、栄養が入らなくなるので亡くなりますよ。それでも急変時に挿管をするのですか？　意味がないのではないですか？」

「お願いします」

筋の通らない主張で家族のエゴにも聞こえるが、入院した亮一さんを見ていると娘さんのそんな気持ちも分からないでもなかった。認知症がない、会話ができる、さらに人間味あふれる老人なのだ。ベッドサイドに行くと胸椎の圧迫骨折があるためなのか苦しそうな表情をしていることが多かったが、起き上がって丹精な顔を僕のほうへ向けて話をするのだ。

「どうも食欲がでません」

お腹をさすりながら、肋骨かな、といいながら、「痛いせいでしょうか」という。腹部エコーをとっても、レントゲンで肋骨をみても異常はなかった。看護師、栄養士、薬剤師と医師で構成される栄養支援チームによるサポートが開始されたのは、亮一さんの愛される性格もあったように思う。愛する人には長生きしてもらいたい、それがかなわないのならば幸せな最期を迎えてほしい、胃瘻や鼻管は毎日自分が見ている経験からさせたくはない、かといって死の瞬間が訪れるときに命を長らえる手段があるのなら使ってほしい、それがかえって苦しむことになると医者に言われても見たことがないのだから想像がつかない、それが歯科衛生士の娘さんの気持ちではないのだろうか。

異変が起きたのは誤嚥性の重症肺炎になってから三日目のことだった。それは皮肉なことに切り札の抗生剤が効き、死の淵から呼び戻された彼が元気になったことを意味する。

亮一さんが不穏になったのだ。帰ると言い出して、点滴を抜こうとし、暴れだし、手をベッド柵にからめて擦過傷となり、危ないのでナースが抑制をすると、さらに興奮はエスカレートした。コミュニケーションに問題はなく、治療の意味を話せば理解し、忍耐づよく、採血や点滴で弱音を吐くことのない人だったのに――、認知症の患者のように不穏になって暴れるとは信じがたいことで、同姓同名の患者と間違えたのではないか。

五階病棟のHCUで大声をあげて暴れ、看護師三人がかりで抑えられているのはまちがいなく尾崎亮一さんだった。驚いたことに抑制は両手だけでなく、がっちりと両足にもされている。

一人が足首を抑え、男性看護師の青木さんが足の関節を渾身の力をこめて抑え、病棟師長が手を必死に握っている。

「強い力、あたしの指が折れそうだわ、尾崎さん、やめてちょうだい。先生、この人はどこまでやることになっているの」と僕の気配に気づくなり師長の質問が飛んできた。

「胃瘻はしない、鼻管もしない、ポートもしない、なのにフルCPRです」

「胃瘻はしない、鼻管もしない、ポートもしない、それなのにフルCPRってどういうこと」

師長の声はほとんど叫び声だ。叫びたいのは僕のほうだ。

「尾崎さんは話が分かる人ですよ。どうして抑制するんですか」

この病棟はやたらと抑制をすることで有名だ。

担当のナースが説明した。

「急に帰ると言い出して暴れだしたんです。点滴を抜こうとするんです。なだめても聞かない。止めようとするとすごい力で殴る、蹴る、たたく、噛みついてくるんです。そして手をベッド柵に入れて擦過傷ができました。抑制の承諾は昨日娘さんが来たのでもらっています」

家族の希望で肺炎の治療を開始したが、暴れて点滴を抜くと抗生剤の投与ができなくなる。理屈では抑制はしかたないことだった。患者の中には不穏になってベッドから転倒し頭を打って脳出血を起こす人もいる。どうしてちゃんと看ないのだ、看護の怠慢だと病院を訴える家族もいる。看護師が慢性的に不足している状況で二四時間看られるわけがない。夜間の看護師はたった三人だ。病院としては自己防衛をせざるをえなくなる。抑制は必要なのだ。必要なのだがそれにしてもこの病棟は抑制が多すぎる。尾崎さんの抑制は釈然としない。何かがすれ違ったのではないだろうか。

亮一さんの右手の皮が剥離し、血がにじんでいる。師長が攝子で皮を皮膚の上に戻して処置をはじめた。

「これは辛いだろう。薬で眠ってもらおう。アタPをオーダーしたので点滴してください。眠るでしょうから、とりあえず抑制をはずしましょう」

病棟主任が走り準備をした。

「病棟にアタPがなかったんで、二番目のセレネースをやりますね」。そう言って眠剤の点滴を全開で流しはじめた。

亮一さんは体をのけぞらして「帰る、どうしてこんなことを」と苦しそうに声にならない声で叫んでいる。人生の最後になってどうして、病院に来てこんな生き地獄を味わわなくてはならないのだ。気の毒でならない。

「私が何をした。何をしたというのだ。どうしてこんな手足を縛るんだ、どうして、どうして」彼の眼には涙がにじんで、嚥下同様に声帯も弱っているので大きな声はでないが、その口から飛び出す嗄声は彼の九四年の人生の重みがこもった悲痛な叫び声だった。

僕は尾崎さんの耳にちかづいた。

師長が、先生が来たよ、と耳元で声をかけてくれた。

「尾崎さん、肺炎起こしてるんですよ。ごはんうまく食べられないでしょう。誤嚥して、胃にはいるはずの食べ物が気管支から肺に入ったんです。だから抗生物質で治療しているんです。尾崎さんが動いて危なく、点滴がはずれて治療できないから、看護婦さんが手足を抑制したんですよ」

僕の声を認めて少し静かになったが、「帰してくれ」とふりしぼるような声をだした。

「治療できなくなりますよ」

「それでいい」

苦しい顔を見ていると彼の気持ちが伝わってきた。それはベッドの周囲に集まっているナースや助手の人たちも同じだった。僕らだって九四歳まで立派に生きてきた人生の最後に、その手足を縛るような非人道的なことはしたくない。どこまでも治療をさせる手段を提供してきた異常な日本の医療システムがもたらしたことだ。

人の心を持った医師なら、どこまでもつづく医療という名の拷問を密かに断ち切り、患者を救おうと思うはずだ。なのに、患者が哀れになって気管内チューブを抜いた医者を殺人罪で有罪にした司法の倫理は問われない。裁判で有罪なのだから、日本の医者にとって延命治療をやめることはタブーのままで、患者も家族もそれに従うのが一般的だ。

それにくらべ、目の前の尾崎さんは立派ではないか。今まさに自分の死に場所を自分で決めようとしているのだ。

「尾崎さん、自宅に帰りたいんですね。こんなところは嫌だよね。自宅に帰って、自分の家の畳の上で死にたいんですね」

「そうです」

「亮一さん、酸素をつかっているし、重症の肺炎なので、退院したらおそらく死にますよ」

「分かっています。しかし、こうして手足を縛られて、私は死にたくありません」

僕はどうして尾崎さんに直接急変時の蘇生について聞かなかったかを後悔した。入院時に九四歳という高齢とベッド上というＡＤＬの低下にだまされて、多くの患者と同様に認知症があると思い込んでいた。入院後は認知症がないことが分かったが、忙しさにかまけて本人に再確認することを怠ったのだ。この事態を招き尾崎さんを苦しめているのは、蘇生を望んだ娘さんでもなく、抑制をしたナースでもなく、DNRを理解できる本人に確認しなかった主治医の僕の過失なのだ。

「僕は帰ってもらっていいんですよ。でもね、家族がね、治療してくれっていうんです。尾崎さんと家族がいいなら、こんな病院で手足を縛られて治療などしないで、自宅に帰っていいです。でも家に帰ったら死にますよ」

患者に面と向かって要求どおりに死を手渡すのは、鼻管を抜き、点滴もやめて男らしく死なせてくれと頼まれた山内さんについで二人目になる。末期がんの患者もそうだが、一般病棟の意志がはっきりした患者の延命中止も簡単ではない。

「京子がそんなことをいうのか」

京子というのは娘さんだ。

師長が亮一さんに声をかけた。

「娘さんを呼びますから、よく娘さんと話し合ってください」

尾崎さんはうなずき興奮は少し和らいだようだ。

看護師が三人がかりで段ボール箱を解体して、ベッド柵をかぶせ、そのうえからバスタオルで覆って手足が柵の間に入って骨折したり、皮膚が傷つかないように工夫した。よく考えたものだ。男性看護師の青木さんが残っていて心強い。そのころにはセレネースが効いて亮一さんはおとなしくなった。

キーパーソンの娘さんと次女が病院に着いたのは一八時三〇分だった。父親の状態を見て、そして病棟での看護師たちの奮闘を見て、師長から経緯を聞いて娘さんたちはショックを受けたようだ。

病状を説明し、重症の肺炎があること、家族の希望で治療が必要なこと、そして父親が帰ると言っていることを伝えた。自宅で死にたいのですか、という問いにうなずいたことも話した。彼女たちがまず同意したことは急変時の蘇生はしないということで、フルCPRは撤回されDNRになった。

「帰りたい」父親は真剣に娘たちと向かい合った。二人はベッドの横に座り、父親と二時間話し合った。二人の娘の目からは涙が零れ落ちていた。

「水を飲むのを確認しました。家で好きなものを食べさせます。帰ることにします」

それは娘さんの希望であり、方便であり、僕たち医療従事者への気配りにも聞こえた。嚥下訓練のリハビリが入り、栄養チームも支援して、それでも食べることができないということを娘さんはよく知っている。

師長が対応した。

「週明けには自宅に訪問看護がこられるということなので、週末ある程度回復し、酸素が外れるようになるまで、それまで待って帰られたらどうですか。今帰れば、重症の肺炎で、酸素もつかっているので、そのまま亡くなるかもしれません」

酸素をはずすと意識が少しずつ遠のいていくのだ。

「万が一、退院して自宅で亡くなった場合には病院に連れてきていただければ当院で死亡診断書を書くことができます。検死にはなりません」

死ぬことは人生の最後のイベントだ。いかに死ぬか、ということは生き様を示すことかもしれない。そこに警察がやってきて検死されることは避けさせたいと思うのが人情だ。ましてや尾崎亮一さんは医療スタッフに感謝の言葉を忘れない立派な老人だ。誰もが彼の姿に自分たちの父や祖父を重ねているようにみえた。

二一時、娘さんたちは父を連れて帰ることを決めた。

「お世話になりました」と病院をあとにした。目には涙があった。

当直の石林先生に経緯が伝えられ、かたっぱしから検査と治療をすることしか頭にない研修医が挿管し、心臓マッサージをはじめないように配慮された。

翌朝、電子カルテで尾崎亮一を検索した。午前四時、死亡確認とあった。

医局の机に座る石林先生に聞くと、家族は救急車ではなく自家用車で来院した。息子さんが両手に抱きかかえ、救急室のベッドに横たえた。そして眠るように息を引き取ったそうだ。

「死亡診断書を書きましたよ」と石林先生は僕を見上げて静かに言った。

病棟に行くと師長が近づいてきた。目にはうっすらと涙がある。

「自宅に帰ることができて幸せだったんじゃないですか。人生の最後に手足を縛られて病院にいるなんて誰だっていやですよ。娘さんたちも立派でした。病院で水を飲ませて、飲めましたから、自宅で好きなものを食べさせますっていわれたけど、帰ったら死ぬことが分かっていたと思いますよ。病棟のスタッフもよかったっていっていました。ご苦労様でした」

✝ 管を抜いてください、老衰と気胸のKさん

自宅での死亡は原因を特定しにくい。血液データもレントゲンも、ましてCTもないのだから臨床経過と何の薬を飲んでいたかだけが手がかりだ。死亡診断書に書く病名に医師は苦労することも多いだろう。終末期ということもあり老衰という便利な診断名がある。

二〇一三年一月、日本医事新報に「老衰は是か非か」というテーマの特集があり、地域医療から総合病院に移った医師と、その逆パターンの医師の体験が紹介されていた。

医学部を卒業して山村に赴いた医師が看取った半数以上の患者さんの死亡診断書は「老衰」だったが、総合（研修指定）病院に移ってからは老衰である医学的根拠を示せと言われ、老衰の診断はない。

一方、総合病院から地域医療に移った医師は、ある患者の自宅で臨終を告げた際、はじめて「老衰」と死亡診断書に書いた。その患者は九五歳の酒好きの元大工で、足腰が弱くなっ

て訪問診療となり、自分の建てた家で死ぬと検査を拒否、奥さんが台所で洗い物をしていたその背後で静かに息を引き取った。この時からその医師は「医師の自己満足の域を出ない診断に何の意味があるのか」と考えるようになった。

今勤務している病院では自宅や老人ホームから救急で運ばれてくる老人も多く、自然に亡くなった場合に死亡診断書に「老衰」と書くことがある。

歳をとって嚥下がうまくできなくなり、肺炎で救急搬送され、治療で肺炎は改善しても経口摂取が回復しないこともある。本人や家族が胃瘻による延命を選択せず亡くなったときは、「老衰」と書きたくなる。誤嚥性肺炎という診断名はあるが、人生の最後に「誤って嚥下して肺炎になった」とは言いたくはない。誤ったのではなく寿命をまっとうしたのだ。

施設入所の児玉さんは、夜中に呼吸苦を訴え、四つの病院から受け入れを断られ、僕の病院に救急搬送された。気胸を起こしていた。片肺が破れ空気が抜けた風船のようにしぼんでおり、当直医はすかさず胸腔に管を入れ、脱気すると肺は膨らんで児玉さんは苦しみから解放された。

ＣＴに映る児玉さんの肺はスカスカで、肺が破れたのは末期の肺気腫が原因だった。大正九年生まれの九二歳の胸に入った管からはボコボコと空気が漏れつづける。健康な肺に空いた穴からの空気のリークは徐々に減って管を抜けるのだが、彼のボロボロの肺では穴はふさがりそうにない。管は永遠に抜けない可能性が高い。

「かかりつけの先生から、肺は重症で長くないといわれ、覚悟していました。父も延命は望んでいません。文書にも延命はしないことを自分で書き署名しています。管を抜いてもらえませんか」

息子さんは誠実そうな人で、病棟のナースステーションでそう話しだした。

児玉さんの病歴には糖尿病、脳梗塞など一一の病名があり、十分に病気と闘ってきた末の終末期であることが読みとれる。児玉さんはベッド上の生活だが、ベッドの背をあげ、体を起こせば食べることもできるし会話もできる。

日本ではほとんどの医者が訴訟を恐れて、気管に一度入れた管を延命中止の目的では抜かない。医師免許証が吹き飛ぶような行為はしないのだ。先日、東京にマンションを購入しローンが残っている僕も絶対に抜くわけにはいかない。気管内チューブなら想像もできるが、胸腔の管を抜くように頼まれたのは初めてだった。以前、うちの病院の非常勤として来ていた呼吸器専門の先生とは面識があり、彼が勤務する大学病院に電話した。

「私も気持ちとしては抜いてあげたいのですが、このご時世、抜きません」

同業者に対する同情の声色だった。

「モルヒネは使われますか」

モルヒネを使えば苦しみから解放されるので聞いてみた。がんの治療を行っている病院では普通に使うのだが、うちの内科では使い慣れていない。そもそも日本での医療用麻薬の消費量は米国の五〇分の一、ドイツの二〇分の一で、終末期の人たちがいかに苦しみのなかで死んでいるかを物語っている。

「呼吸抑制がありますから。それで亡くなった場合になんといわれるか分かりませんからね。本人や息子さんが望まれているとしても、他の家族、親族にはいろんな人がいますからね。中には金儲けを考えている人や弁護士も胡散臭いでしょう。このまま管を入れたままにしておけば感染など起こるでしょうから、新たな治療を開始しないという選択はあると思います。酸素を上げてこっそりナルコーシスを起こすという手も使えるかもしれません」

電話での問い合わせだけで状況を完全に把握できない質問に安易に答え、仮に僕がそうして訴えられた場合の責任の所在を気にしたのかもしれない。感染が起こって死を待つ無難な方法は僕が医者になった一九八五年から行われていた。僕が知りたかった患者の苦しみを和らげる緩和医療について電話で得るものはなかった。

「転院して専門的な治療をしてもらえませんか」

胸膜癒着術という治療法があるが、一般内科ではできない。

「施設の肺気腫の方の気胸は受けないことにしています。それは寿命とみてくださいと話しています。そうしないと常にベッドが満床の状態で周辺住民の方を診ることができなくなります」

気の毒そうな声が受話器の向こうに聞こえた。

胸の管からの感染が起こり、広がり、じわじわと死を待つよりも、希望どおりに管を抜き、モルヒネで苦しみを緩和し、安らかに看取るのが医学であるべきではないのだろうか。

これ以上僕にできることはなかった。やれることはすべてやった、という半ば責任回避のような虚しさが胸にひろがった。治療方針は決まったのだ。僕は児玉さんの病床に立ち寄らなくなった。彼をまともに見るのが辛いのだ。

ところが入院して一一日目に児玉さんの胸の管から空気が漏れなくなった。

管の挿入部は化膿し、管に巻き付けていた糸は膿で固まっていた。管を抜き傷口を縫うとき、「痛い」と小さな声がした。歯を食いしばる児玉さんに生命の息吹を感じてドキリとした。

経過は良好で酸素もいらなくなり、出された食事もほとんど食べるようになった。しかし今度は肝心の退院先が見つからない。「今度、肺が破れ、気胸が起こったら胸に管を入れないでほしい」、その希望を受け入れる施設が見つからないのだ。

結局児玉さんは元の施設にもどった。

退院の日、家族と施設の人に来てもらい、ナースステーションで急変時のことを再確認した。

「本人やご家族が何もしないで、といっても、施設の職員は苦しむ患者さんをみれば救急車を呼びます。救急搬送されれば事情を知らない当直の医者は、気胸があれば管を入れ、頼まれても抜けません。呼吸器の専門病院への転院は不可能です。施設の主治医の先生ともよく話し合って、希望を文書にされたらどうでしょうか」

入院して七二日が過ぎていた。

児玉さんが退院して二週間後、さくら風の里訪問診療所の主治医の先生から児玉さんの最終報告書が郵送されてきた。

『二〇一二年一一月に気胸のため貴院入院となりました、児玉さんの最終報告です。退院後、痰がらみが続いていたものの、全身状態としては決して悪いわけではなく安定していました。一月三一日九時過ぎに施設職員がラウンドすると呼吸停止状態になっていたとのことです。一三時三四分死亡を確認しました。診断書の直接死因欄には肺気腫と記入しました。老衰として普通の経過だったのかもしれません。簡単な内容で大変恐縮ではありますが、以上、ご報告申し上げます。なお、貴院でのご加療に関し家族（次男夫婦）が謝辞を述べていたことを付記いたします』

誠実な息子さんと不平ひとつ言わなかった穏やかな児玉さんの顔が心に浮かんだ。

†管を抜けるアメリカの医師たち

東関東病院に勤務して三度目の冬を迎えた。自宅から病院へときどきバイクで通勤する。昨年亡くなった父の残したお金で買ったＢＭＷのＲ１２００Ｒだが、ボクサーエンジンの回転には品があり、静かで細やかな振動が体の芯に伝わってきて低速でも楽しい。この歳で無茶な運転はしないが三秒ちょっとで時速一〇〇キロになる加速は爽快で、信号待ちから飛び出して風を切れば嫌なことをすべて忘れてしまう。走りが安定しすぎて若い人には退屈かもしれないが、コーナリングも滑らかで僕には相性のいいバイクだ。

内科の患者を診て四年がすぎたことになる。救命に一刻を争うような救急の患者をたくさん診たが、同時にどうして救急車で送られたのかと首をかしげるような患者さんも多い。治療の意欲をなくすようなアル中の生活保護、自宅で亡くなるべきと思えるような寝たきりで会話もできない老人、胃瘻を造設されボロボロになってしまった人——。

「救急学会では胃瘻の患者は救命しなくていいことになっています。社会問題になっている救急車のたらい回しは、自宅で死ぬような寝たきりの患者で救急外来のベッドがいっぱいで、社会的に意義のある、ADLの自立した人たちの救急がとれなくなっているんですよ」

うちの病院の外科医はそんなことを平然と言っていた。

二〇一二年一二月二二日号の日本医事新報の「今後の死亡急増で、死亡場所はどう変わるか?」という記事が目にとまった。日本では病院で亡くなる人が二〇一一年で七六・二%、自宅が一二・五%だと書いてあった。

人口高齢化で死亡数が増えるのは必至だが、「これ以上、病院での死亡数が増えるのは無理、かといって一人暮らしが急増する自宅での死亡が増えるのも難しい」との厚労省の認識をふまえ、これからは老人ホームや老人保健施設が死亡場所の大きな受け皿になることを示唆していた。

寝たきりや終末期の患者さんの死はこの病院で日常のことだが、はやく死亡場所が病院以外にシフトしてほしいものだ。彼らにとって延命せずに自宅や施設で逝くことが幸せなことが多い気がする。在宅診療をしている先生たちの学会が盛んになり、日本医師会長はわが国の「死の質の評価」における国民の満足度が世界各国と比較して低いことに言及し、在宅で支える医療が充実すれば「良かった」と思える人も多いのではないか、といいはじめた。

僕は全米で大ヒットしている医療ドラマ、『グレイズ・アナトミー』が好きで週末にDVDを観るのを楽しみにしている。ドラマだから飛躍はある。セックスシーンが多すぎるのは目障りだが、本当に病院で起こる背筋が凍るような出来事を再現していて勉強になる。これに比べて日本の医療ドラマは、完全無欠のヒーローが登場するか、その逆でどこか嘘っぽい。ただし江戸時代の医療に世界の画期的な医学史をからませた大沢たかお主演の『仁』は面白かった。

その週末の夜もいつものようにTSUTAYAから借りてきた『グレイズ・アナトミー』を観ていると、ジョージ研修医の父親が人工呼吸器につながれているシーンが画面にあらわれた。食道がんから多臓器不全に陥り延命は意味がないのではないか、と主治医つまりジョージの上司に示唆される。そして家族はDNRに同意し延命中止を承諾する。ジョージと二人の兄と母の前で、医師が喉に入っている気管内チューブを抜きジョージの父は静かに心肺停止になった。僕は手にしたポテトチップの袋を握りしめ思わず身を乗り出し、羨ましいと思った。仮に家族が高額な医療費を負担し、植物状態でも生きてほしいと望めば生命維持装置をつづければいい。

日本では患者や家族の意志を尊重して延命治療はしなくとも、延命の中止（一度気管に入れた管を抜く）となると、ほとんどの医師が行わない。僕は管を抜く医者を見たことがない。

日本の社会でタブー視されていた延命治療について、在宅医療に従事している町医者が『平穏死、一〇の条件』という本を出して話題になった。著者は多くの患者を自宅で看取った経験から、自分が理想と考える終末期の死を紹介している。その中の餅を喉に詰まらせた一〇〇歳の患者さんに家族が救急車を呼んだ話は考えさせられた。蘇生は成功し、病院で人工呼吸器につながれ、中心静脈栄養、次には胃瘻をつくられ、ご老人の「自然にポックリ逝きたい、自宅で家族に看取られて死にたい」という希望とはほど遠い植物状態の様相になった。救急車を呼んだらこうなるという一例として紹介されているが、これには納得できない。家族にとって救急車を呼んだらこうなることもありますよ、と何度聞かされても、息ができずに苦悶する親を前にとっさに救急車を呼ぶのは自然な行為だからだ。

責任は救急車を呼んだ家族にあるのではなく、延命治療をやめることができない日本の制度にある。米国では『グレイズ・アナトミー』のジョージ研修医の父親のように、ＤＮＲに家族が同意すれば気管内チューブは抜けるのだ。救急を受ける医者は躊躇なく蘇生を行い、しばらくして家族が本人や自分たちにとって延命をつづけることが不利益で、ハッピーではないと思えば抜管できるのだから、家族はためらうことなく救急車を呼ぶことができる。

✝管を抜けない日本の医師たち

この冬に公開された周防正行監督の映画『終の信託』を観に行ったが、『グレイズ・アナトミー』と対照的な展開に唖然とした。二〇〇一年の日本の病院で起きた実話をもとにした映画で、患者の望みどおりに苦しみから解放させようと気管内チューブを抜いた医師が殺人罪で起訴され、裁判では懲役二年、執行猶予四年の有罪判決をいいわたされるのだ。

一二月三日、あまね中央病院の呼吸器内科に勤務する女医の折井（草刈民代）のもとに一五年間診つづけている患者の江木（役所広司）が喘息発作を起こし、心肺停止の状態で救急搬送される。重症喘息でいつ突然死してもおかしくない患者だ。救急室で気管内チューブを挿管され、人工呼吸器につながれ、心拍は再開する。やがて自発呼吸がもどり人工呼吸器からはずされるが、酸素欠乏が長く続いたために低酸素脳症を起こして意識は戻らない。呼吸が浅いので酸素投与がつづき気管内チューブを抜けない。「もっとはやく搬送されればこうはならなかったのに。江木さんの所持品はこの病院の診察券だけで、それでこの病院に搬送されました」。折井医師の話に妻が答える。「最近は病院からいただいた薬も飲んでいなかったし、お財布も吸入スプレーも持たずに、もう冬なのに、あの川の土手は風も強くて寒かったろうに」。体力的にも精神的にも金銭的にも妻にこれ以上迷惑をかけたくなかった江木が、自ら発作を誘発したのではないか、そして唯一の所持品の診察券は主治医の折井のもとへ搬送してもらうためのチケットで、折井に死を決めてもらい彼女に見守られながら死んでいくことを望んだのではないか、『終の信託』はそのように描いている。

主治医の折井医師の脳裏に、昏睡が三週間つづき、ストレスのために胃潰瘍をおこして吐血する江木から、生前に託された言葉がよみがえる。「その時がきたら早く楽にしてください。体中チューブにつながれ、ただ生きているだけの肉の塊でいたくない。僕は先生を誰よりも信じています。先生に決めていただきたいんです。僕がもう我慢しなくていいときを、その時を先生におあずけします」

延命を望まないという意志を尊重した折井医師は、家族との話し合いを重ね、妻と息子、娘の前で気管内チューブを抜いた。しばらくして患者が苦しみ出し、あわてて鎮静剤の静脈注射を看護婦に命じる。セルシンを二〇ミリグラム、苦悶がつづくのに耐えられずドルミカム三〇ミリグラムの投与を命じる。江木は死なない。狼狽した折井がさらにドルミカムを自ら追加する。このとき折井が気管内チューブを抜いた後に、患者の状態が急変する可能性を知っていて、家族にあらかじめ説明したうえで、手元にモルヒネを用意し江木の呼吸変化とともにすかさず静脈注射していれば、安らかに江木は死を迎え、折井は江木の家族に感謝されただろう。しかし三年の沈黙ののちに折井は告発される。検察は取り調べ時間を二時間近く遅らせて折井の心理に揺さぶりをかけ巧妙に誘導し「死なせた」と認めさせ、検察庁の取調室で事前に用意していた逮捕状を取り出し手錠をかける。二〇日におよぶ調査で鎮静剤を致死量まで投与したとして殺人罪で起訴。裁判では折井が主治医となってから江木が一五年間書きつづけた六一冊の喘息日誌が妻によって明らかにされ、最後のページに『延命は望まない。すべては折井先生にお願いした』という一文が見つかり、リビング・ウイルと認められた。

僕には江木の断末魔の苦しみ、声にならない叫びが観ていて辛かった。どのようにして終末期の患者の気管内チューブを抜けば患者は苦しまずに死ぬことができるのか、というマニュアルが日本にはないのだ。医学教育も行われない。同僚の医師に相談しても関わりを恐れ、抜管に反対されるだけだ。『今日の治療指針』を開いても安らかに死なせるための抜管の手法の記載はなく、がんの緩和医療の項目があるだけだ。

臨床に復帰する前に勤務していた東都大の大学院では国際保健計画が専門だったが研究は疑問にはじまった。途上国における文化や慣習や政治がもたらす健康への問題点を整理し、意義のある目的を設定し、論理的に検証して結論を導くことができれば評価にたえうる学術論文となった。ただし御用学者の巣窟の学会での保健政策批判は研究のための研究でしかなかった。平和に慣れた日本人の問題意識はファッションで、為政者の政策は守りに徹していた。『終の信託』の悲劇の本質もこれとさして変わらない気がする。

疑問は研究の原点であり宝だ。終末期の患者の気管内チューブを抜くことがどうして日本ではできないのか、どのように抜管したらよいのか？　きわめて自然な疑問だ。他国との比較検証を行い、日本人の倫理的な抜管の手法の研究が重要なのに、実際はアンケート調査が散見するのみで、具体的なマニュアルを提示する論文は皆無なのだ。

僕はふと医局のパソコンから「アップトゥデイト（UpToDate）」にアクセスできることを思い出した。臨床に復帰して研修医の先生からその存在を教えてもらった。便利なもので、世界中の最新の学術論文をもとに更新をつづけながら、さまざまな疾患の概念、診断方法、そして治療法が記載され、それぞれに根拠となる研究論文、反論の論文にもアクセスできるようになっている。日本では学術論文を書けない医者が医療否定の本をだし、ベストセラーとなりマスコミにとりあげられ大衆を惑わしているが、「アップトゥデイト」にキーワードをいれるだけで真実に近づくことができるのに、不思議なことにこの国のマスコミはそれをしない。患者を診たことのない医療担当の記者には読み解くことが難しいのかもしれないが、なによりもデスクが真実を必要としていないのではないだろうか。

病気以外の内容でもヒットするのだろうか？　半信半疑で「終末期、抜管、ＤＮＲ」と打ち込み、画面にあらわれたタイトルに僕は目をうたがった。ずらずらと僕の知りたい情報がならんでいるのだ。これからは英語で読まなくてはならない。『Withholding and withdrawing ventilatory support in the intensive care unit』集中治療室における人工呼吸管理の差し控えと中止が一〇ページにわたり記載され、三四の参考文献が科学的根拠をしめしている。『Ethical issues near the end of life』死が近づいたときの倫理は一一ページ、五四の参考文献がある。『Palliative care: The last hours and days of life』緩和ケア：人生の最後の数時間と数日、これは二三ページにわたり書かれており、一〇九の学術論文が根拠をしめしていた。

欧州、米国では人工呼吸器のレベルを下げるか、もしくは抜管するのだ。助かる見込みのない患者、また家族のDNRの希望にそって命を終わらせる手法が明確に書かれ、急変時にどういう薬物を使うかも記載されている。根拠となる学術論文には文献をクリックするだけでアクセスすることができるし、倫理的な問題の記述もされている。読んでみると大人の会話を聞いているようで分かりやすく、科学的根拠も具体的な手法も示さず迷路に誘い込むような日本のガイドラインとは違う。どうして「アップトゥデイト」を日本語に訳して今日の治療指針に載せないのだろう。それだけでどれだけの医者が救われ、患者が救われ、家族が救われ、そしてどれだけの医療費が節約できるのだろう。

『グレイズ・アナトミー』の研修医ジョージの父が抜管して静かな死を迎えることができたのは、人気が沸騰して資金が潤沢になったためにドラマが作為的に行った演出ではない。医学的でかつ具体的な抜管のガイドラインに沿って、家族に何が起こっているかを部長や主治医を含んだ複数の医者から十分に説明された末に、家族がDNRを選択したからこそ静かな死が訪れたのだ。二〇〇五年にはじまり今でもつづく人気の医療ドラマは、科学的根拠にもとづいた医療のガイドラインに沿った医療行為が基本にある。基本に沿っていても人間には割り切れない感情が生じる。否認、怒り、取引、うつ、受容、そして感謝――、それをドラマでは描いている。病に侵され、病に苦しむ家族の誰もが共感できる自然な感情だ。命とは何か、医療とはなにか、人間とは何か、観る者に辛辣な課題を投げつづける人気医療ドラマの基本は、科学的根拠をもとにつくられた実際の臨床で使えるガイドラインがあるのだ。

『終の信託』では「院長も副院長も相談されれば患者の命を助けることができたといっている。あんたは独断でまだ命のある患者を殺したんだ!」。検察の叫びに折井医師は切り返す。「医者同士で相談すればするほどそういうことになるんです。どんな状況であろうと命を助けるのが医者の使命だということになってしまうんです。最後を長引かせることはできます。でも江木さんのように望んでもいない人に同じことをしなくてはならないのですか。命を尊重しなくてはならないのは人の幸せのためで、苦しめるためではないでしょう。延命をつづけるのは医者や家族が責任を逃れるためですか」。たった一人の主治医にこんな大きなプレッシャーを与え、揚句に殺人罪で起訴する日本はひどい国だ。正直で誠実に生きている、だからいい先生だと患者の江木にいわしめた折井の言葉は医療現場の真実を的確に語っていて胸が痛くなる。臨床をしばらく離れていた自分が言うのも僭越だが、日本の医学界と行政と司法は何をやってきたのだろうといいたくなる。科学的根拠をもとに進化しつづける世界の常識と、検証をしない日本の常識とは乖離するばかりだ。

裁判所の有罪判決の根拠は、「被告人の診断には明らかな誤りがあり、患者の回復の望みがなかったわけではない。加えて、家族への説明も不十分であった」とある。折井医師の罪は家族への説明不十分だが、これで有罪判決になるのは納得がいかない。「アップトゥデイト」には抜管後に予期できない呼吸苦が起きる可能性が書かれている。そのときに用いる薬剤はフェンタニル、ロラゼパム、モルヒネなどで手元に用意しておくことが重要であると記載されている。さらに二〇一〇年のCooke CRらの一五〇五例を対象にした研究では、患者の死は抜管後におおよそ〇・九三時間で訪れると明記してある。これさえ折井が知っていれば、彼女も江木の家族もあるいは江木も地獄を見ることはなかったのだ。日本の臨床では行われていなくとも世界の終末期医療の常識の教育はおこなわれるべきだろう。

一九九三年にPearlman RAらは、挿管して人工呼吸を開始したのちに抜管が許されない医療は、倫理的に問題があると報告した。治療の初期段階で患者は挿管するかしないかを決めるのだが、これは効果がなければ管を抜いて死なせてほしいと望む重症の患者に、「管につながれたまま『死よりつらい状態』で永遠に生かされつづけることになるかもしれない」という心理的な負担をかけることになるからだ。

折井が家族への説明不足で有罪なら、日本の司法は江木を「死よりつらい状態」(管を抜かないこと)にしておくことが正しい医療と断定し、倫理的に看過できない誤認をした罪で有罪ではないか。

理解できないのは診断の誤りとは何なのか、回復とは何を意味するのか、ということだ。

患者はステロイドの服用を拒否し、ぜんそく薬の服用をやめ、つまり治療を拒否し、吸入薬も持たずに発作を誘発させて自ら望んで心肺停止となって救急搬送されたのだ。最重症の喘息発作で、低酸素脳症による植物状態からどのように回復するというのだろう。ろくに患者を診ることもなく、学閥と論文で階段を上り詰めた日本の医学界の重鎮はいくらでもいて諮問委員会にはそんな連中が呼ばれるが、総じて彼らは権力に逆らうことを嫌い、そして人間を知らない。

『終の信託』の映画の終わりには川辺の水に浸る朽ちた老木が映し出されるが、そこに裁判で証言をした偉いお医者さんたちの名前を紹介してあれば、その先生たちの臨床業績とお人柄を簡単にネットで検索できるのだが。

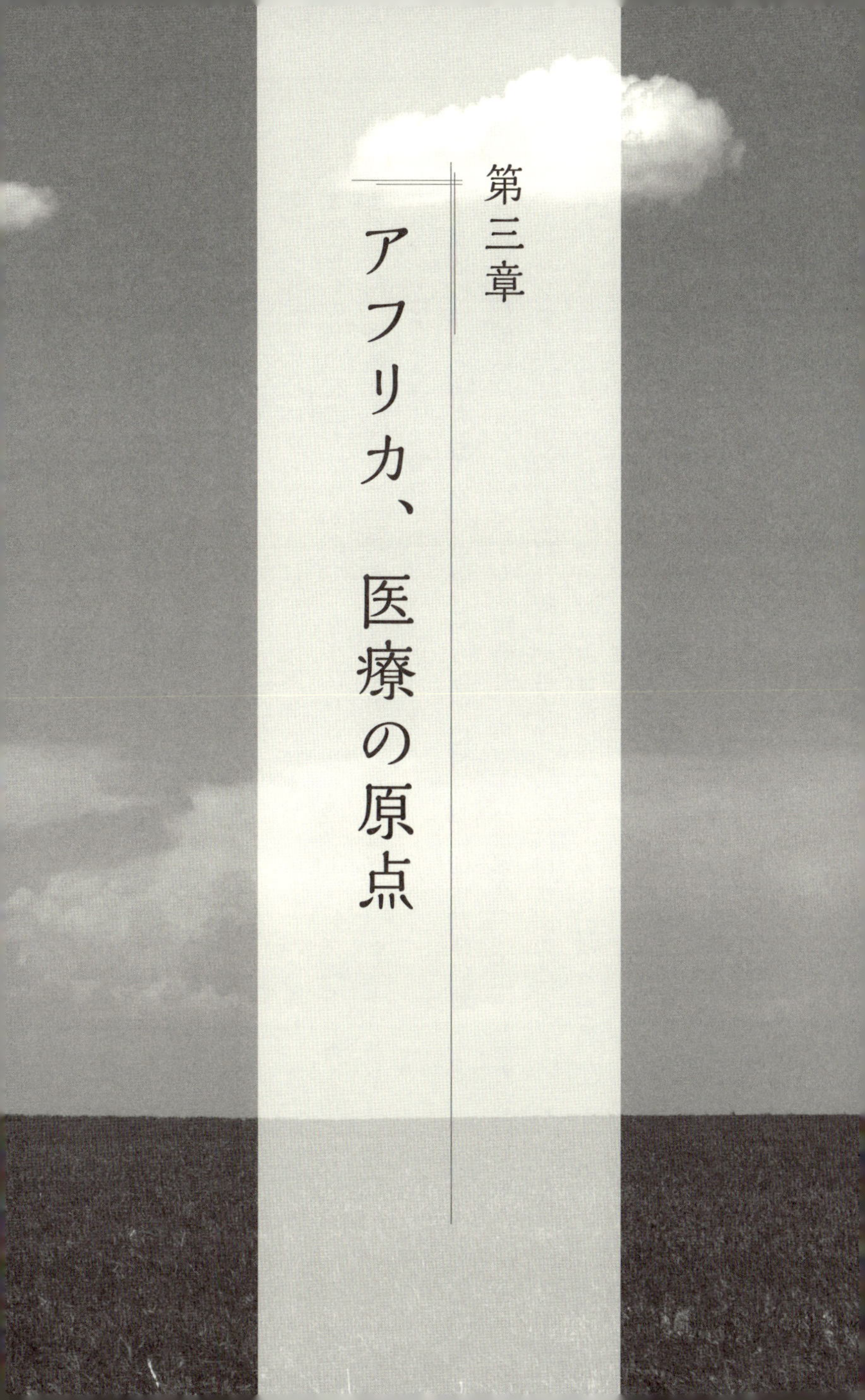

第三章
アフリカ、医療の原点

✝ 二二年ぶりのマラウイ

「マラウイに行ったら」

妻の言葉に日本地図から目をあげた。東関東病院を辞めることが決まり、次の病院に移るまでに一カ月の空白ができたので、Ｒ１２００Ｒでのツーリング南下計画を立てていたときだった。東関東病院には三年働いて多くのことを学んだが、もう十分だと言う気持ちもあり、しばらく臨床を離れたかった。

「バイクはいつでも乗れるけど、実際にマラウイに行けるのはまだ体の動く今よ」

ＢＭＷの醍醐味はなんといっても長距離だ。東京から首都高、中央道と走り長野道に入り、白馬を経由し千国街道を駆け抜けて日本海へ出る。研修医のころツーリングした能登半島を巡り、北陸、山陰の山間の村や海岸沿いの真赤な夕陽の中を出雲へ向かうのだ。下関で冬フグを食べ関門海峡を渡り、実家の佐賀、大学の同級生の多い福岡、学生時代にバカをやった友人が開業している熊本、そして鹿児島市からは海上の国道五八号だ。フェリーで奄美大島にわたり、島を国道沿いに縦断して医者としての臨床復帰を手助けしてもらった奄美南部病院をめざすつもりだったが——、妻の口にしたマラウイという言葉に思考が停止した。

「一緒に行く?」

「行かないわよ。まだ引っ越ししたばかりよ。整理するわ。宙さんがいない方が片付くのよ。それに私には思い出がないんだもの。二年間私をほったらかして、住んで仕事をして小悪魔ちゃんと楽しんだのはあなたでしょう」

「またそんな根も葉もないことを。協力隊は奥さんを呼べないからしかたないだろう」

「私も若かったわ。二四歳よ。今ならなんてことないけど、辛かったんだから」

「友達だよ。孤独は人を成長させる。その孤独をばねに君はラジオでブレークして歌も福岡でヒットし夢を手にした。感謝してほしいよ」

「彼女だって辛かったと思うわよ。お願いだからいわないでって、心が痛まないかなあ」

「約束を破ってるじゃないか」

「やっぱりそうなんだ。いいから、あなたはマラウイに行くべきよ」

「バイクで奄美大島を縦断したかったけど」

救急の病院で入院患者を持っているとまとまった休みがとれない。ゴールデンウイークで一週間の休暇をとることができるサラリーマンがうらやましい。

「児島さんもいるんでしょ。こんなチャンスはないわよ」

僕のなかに懐かしい風景が一気にひろがった。抗うことのできない力が僕の胸をしめつけた。

一九八九年から一九九一年までの二年間、青年海外協力隊六三年三次隊に参加し一七名の同期隊員とともに東アフリカのマラウイ共和国に派遣された。小児科研修医を終えて医師として四年目に入っていた僕は、日本での臨床をつづけることに迷いがあり、アフリカでの診療を決めたのだ。南の古都、ブランタイヤのクイーンエリザベス中央病院（ＱＥ）の小児科で現地の子どもたちの診療に明け暮れた。

児島さんはやはりマラウイ協力隊看護婦隊員のＯＧで、任期が終わってＪＩＣＡ事務所の医療調整員としてマラウイに残った。当時四〇歳、頭の回転がはやく男勝りの性格でずけずけと物を言う人だったが、面倒見がよく、三二〇ドルの給料で外食は夢物語だった僕ら隊員は、よくごちそうしてもらった。

協力隊のメーリングリストで児島さんが昨年から二年間の契約で再度マラウイに医療調整員でいっていることは知っていた。懐かしい風景も人がいなければ殺風景なものだ。できれば六三年隊三次隊の同期の誰かとともに児島さんに案内してもらい、二二年ぶりのマラウイを見ることができれば最高だろう。

抗うことのできない力は協力隊参加を決めた三〇歳のときにもあった。死ぬときにあのときしておけばよかったと後悔はしたくなかった。五〇を超えた今感じる力は死ぬ前にやり残してはいけないという思いだった。

僕はドクター・ボーグステンに会って本を手渡さなくてはならないのだ。

ボーグステンはクイーンエリザベス中央病院小児科のボスだった。背すじがすらりとしたオランダ人の女医さんで六〇歳前後だった。

初めて彼女に会ったのは、首都リロングウェで開催されていたマラウイの小児科学会の会場だった。調整員の児島さんが紹介してくれた。

「来月からQEに赴任する日本から来た小児科医です」

僕を一瞥して放った彼女の第一声は冷たかった。

「私は聞いていない。QEの小児科医は足りています。きっと何かのまちがいでしょう」

途上国ではなんでもありと覚悟はしていたが、日本と同じ先進国であるはずのヨーロッパの白人の上司からの言葉に二の句が告げなかった。

手続き通りに三名の医療隊員とともにブランタイヤの病院へ赴任し、事務長に挨拶したのちにボーグステンの部屋へ挨拶に行った。「あなたはリロングウェのカムズ中央病院に行くことになると思うけど、それまでここでアフリカの医療に慣れればいいわ」と机の上の書類に目を通しながら彼女のスタンスは変わらなかった。日本では何をしてきたの、と聞かれたので説明すると、「英語をしゃべるじゃないの」と初めて顔を上げて僕の顔を見た。そしてオランダ人の研修医のニッケに案内を命じ、僕は初めてQEのなかを歩いた。

不思議な叫び声が響くのでニッケに聞くと「患者さんが亡くなったの。とくに小児科は多いわ。毎日三人から四人は亡くなるの」。小児科医を目指していたニッケは悲しそうな顔をした。小児病棟に行くと患児と母親でごったがえしていて足の踏み場もないほどだった。英語をしゃべる父親がいて、子どもを診てくれと言われ、丸々と太った幼児の胸に聴診器をあてた。大丈夫でしょうと言ったが、次の日に病棟へ行くと患児も父親の姿もなかった。婦長が来て「she passed away」と悲しそうに告げ、こんなにも簡単に子どもが死ぬことに唖然とした。

一カ月しても異動はなかった。「転勤はいつになるんですか」とボーグステンに確認すると「私はあなたにいてほしい。あなたが必要です」と言われ、あっけにとられる僕に彼女はつづけた。「あなたが保健大臣に手紙を書いたことは知っています。でも、私はあなたにここにいて欲しいのです。私の英語が分からないのならば、何度でもあなたに分かってもらうまでいいます」

それから二年の任期を僕はボーグステンのもとで働き多くのことを学んだ。

一カ月に一〇〇人の子どもたちが死んでいく病棟での勤務は簡単に言葉で表すことができない経験となった。子どもたちは元気がなく、弱々しい表情で、とても哀しい目をして僕を見上げるのだった。やがて看護婦に呼ばれて死亡確認。毎日、かならず病棟で子どもが死んだ。外国人医師が診察する外来では、すでに亡くなったわが子を抱いた少女のような母親もいた。やがて僕の感覚は麻痺していった。繰り返しおこる悲惨な出来事が日常の風景になると涙も出なくなり、悲しいという気持ちさえわかず機械的に次の患児の診療をこなすようになった。そんな中で、病院に着いてから机の上に置かれバスタオルにくるめられた子どもの死亡確認をして一五分もたたない間に、つづけて二人の乳児の死を体験する日があった。三人目の子の体にはまだ温もりが残っていた。しかし聴診器を当てると心音が聞こえず、口から吐く息もなかった。ふとコットの横の壁に使われることのない酸素の配管に気づいた。まだぬくもりが残っているのだ。酸素を投与し、心臓マッサージを開始し、アンビューバッグで呼吸をサポートすればあるいはこの子は息を吹き返すかもしれない。でも赴任してからこの病棟で蘇生が行われるところを見たことがなかった。酸素は歩いて七分の有料病棟にしかない。看護婦からチュワ語でその子の死が伝えられると、まだ十代の若い母親が泣き叫び、両手をあげ、顔を覆い、わが子に両手を近づけて、そして地面に突っ伏して腹の底から狂ったような大きな声で泣き続けた。いつもの見慣れた風景だというのに、幼児の温もりと、偶然目にした酸素の管が僕を正気にもどしたのだろう。僕の中のなにかがはじけて、足元が揺らぎ、なんとかその場に踏みとどまり、涙をこらえた。

そんなマラウイでの二年間は僕の宝になった。

離任のときにボーグステンは病棟内でパーティーを開いてくれた。婦長にもらった木彫りの夫婦、同僚からもらった石に掘られた象は、今も自宅の書斎に置き、毎日僕を見つめている。

帰国してよく手紙を書いた。同期の友人との遅れをとりもどしたいという焦りがあった。学位のために動物実験の機会をもらい、その成果をサンフランシスコの学会で発表するための抄録をボーグステンに送ったときは、僕の新しいキャリアを絵葉書いっぱいに文字を埋め尽くして喜んでくれた。初めて英語論文がヨーロッパの雑誌にアクセプトされた時も論文を送り、国立国際医療センターに就職して国際協力を専門にしたときも手紙を送った。彼女からも絵葉書いっぱいにQEの近況を伝える直筆の絵葉書が送られた。僕は引っ越しの整理のたびにボーグステンの手紙は捨てずに保管した。新しいキャリアを喜ぶ言葉や健康を祈る言葉には病棟で彼女が子どもたちに貫いたと同じように、心から湧き出る温かいぬくもりに満ちていた。

僕はマラウイを忘れなかった。青年海外協力隊とマラウイはいつも僕の中にあった。大学病院の医局をクビになり、途上国にボランティアとして行った自分が輝きつづけることは使命でもあった。しかし、三十代、四十代の人生はようしゃなく前に進み、職場を変わり、新しい人脈も増えつづけた。アジアを中心とした海外出張、赴任が多くなり、次第にボーグステンへの連絡は途絶えるようになった。

二〇〇八年にマラウイの体験をもとに本を書いた。東都大の大学院の准教授になり研究、英語論文、日本やアジアの学生への教育に明け暮れ、WHOとアメリカのコピーでしかない日本の国際協力の限界に気づいたころに筆を執ったその本は、どうしても書きたい想いをつづることができた。ボーグステンの下で働いたマラウイの二年は本の中核になった。何度も彼女に本を送ろうと思いながら送らなかった。

彼女に直接会って本を手渡すのだ。それは僕の人生でどうしてもしなくてはならないことでその時が訪れたのだ。研修医が終わったばかりの若僧の僕はマラウイで医の原点を学んだ。二二年を経て終末期の患者から逃げ出そうとしている僕に、マラウイはきっと何かを伝えてくれるに違いない。R1200Rでのツーリング計画は霧のように消えていた。

✝ 青年海外協力隊　小児科医

マラウイへの空路は香港で南アフリカ航空に乗り継ぎ、南アフリカを経由してマラウイにはいるというものだった。協力隊で派遣された一九八九年当時、南アフリカはアパルトヘイトのために入国できず、成田からロンドンまで飛び、ブリティッシュ航空でケニアを経由してマラウイへ行ったことを思うと隔世の感がある。

香港の空港内の南アフリカへの出発ゲート前で、福岡空港からのフライトで来た原間さんと待ち合わせしていた。一七名の同期隊員にマラウイ行きを打診したが手を挙げてくれたのは彼女だけだった。彼女は協力隊が終わってからリロングウェの友人に会いに二回マラウイを訪れていたが、勤務していたブランタイヤへは行ったことがないからと同行してくれた。

原間さんは歯科医師で同じＱＥで働いた。会うのはマラウイから帰国し、広尾の協力隊事務所で帰国隊員報告会に出席して以来だから二二年ぶりということになる。

「宙さん、変ってないですね」

二二年ぶりに耳にした彼女の声もまったく変わっていなかった。

実家で旦那さんと歯科医院をやっている彼女の顔には皺が少しみえるようになったが、

唇の端を少しあげて笑う笑顔はあのころといっしょで、二九歳の彼女が蘇ってきた。

「ネルソン・マンデラの本を持ってたでしょ。僕は赴任前に『遠い夜明け』をみて感動したくらいで、映画の知識しかなかったのに、原間さんは意識が高かったな」

「あたし座り込みに沖縄とか行くんですよ」

「吉田先生と似てるなあ。四年前に徳島に訪ねていったら診療所の裏の畑で無農薬の栽培をしてたよ。白髪が増えたけど日に焼けたいい顔してたな。彼は協力隊終わってアムダで世界の紛争地を駆け巡ったけど、今は徳島でＮＧＯをやっていて、協力隊のあとＪＩＣＡ専門家として家族と行ったザンビアに思い入れがあるんでしょうね、支援をつづけてるよ」

「吉田先生、クロスロードの漫画にもなりましたよね。頑張ってるなあ。薬師寺先生は国立国際医療センターから東都大の大学院の准教授で活躍でしたよね」

「今は臨床にもどったんだよ」

「どうして？」

「教授選に負けたんだよ。教授選といっても相手が東都大卒の皇族で、選考委員は身内の教授たちと学部長が一人だけの結果のきまった出来レースだったけど」

「東都大ってどんなところですか」

「日本の不透明な官僚システムの見本のようなところでしたね。教授選もそうだけど自分たちのグループを守ることが最優先だった。こんなことがあったな。中国人の留学生が生まれ故郷のハルビンで、旧日本軍の廃棄した生物化学兵器の廃液に触れて子どもたちの皮膚疾患が起きる事件が相次ぎ、心を痛めて研究しようと計画書を書いてね。とても重要な研究だと思ったのに、医学研究の倫理委員長から呼ばれて研究計画がなってないってボロクソ言われて研究をつぶされたんだ。人体実験は東都大もかかわったからマスコミが騒ぐのを恐れたんだ。日本の医学界のリーダーである東都大が医学研究の意義よりもマスコミを優先していることを知って、日本の医療は終わってるっていう気がして寂しくなったよ」

「宙さん、臨床に戻って日本の子どもたちはどうですか」

「今は内科なんだよ。アフリカで臨床を二年間経験した目でみるとすごく異様だよ」

「マラウイに着いてからの計画はどうなるんですか」

「初日は僕らがマラウイに着いて一カ月を過ごしたリロングウェの懐かしい場所を回りたいな」

「メールにもあったけど、金田さんの慰霊碑ですよね」

「信号機ができたのは帰国してからだからね。僕らがマラウイに着いて語学訓練を受けてそれぞれの任地へ向かう前の事故だったから、衝撃的だった」

「そうですね。まだ若い隊員でしたね」

「翌日はブランタイヤへ移動して僕らの働いたQEへ行き、そのあと小児科の上司だったボーグステンに会いに行きます。原間さんも一緒にパーティーに呼ばれていったでしょ」

「山の上の大きな家でしたね。敷地も広くて散歩したけど蛇が逃げるようにって大きな犬が先頭でしたよね。大将やナースの玲子ちゃん、オランダ人の研修医の先生たちと車に分乗して、山道を上っていきましたよね。ボーグステン、しゃきっとした人でしたね。いつも厳しい顔してた。おいくつですか」

「あのころ六〇前後としても八〇は超えてるかなあ。あのパーティーにオランダから休暇で帰国していた息子のエリックが今はQEの小児外科の教授になっていてボーグステンが健在って分かったんですよ。本を渡さないと。原間さんはどうしますか」

「私もぜひ会いたいですよ」

「ブランタイヤのあとは原間さんはマラウイ湖の近くのナミジムへ行くんですよね。ミノーさんは、歯科医だったんだよね。僕は会ったことないけど」

「ミノーの家族は宗教が違ったためにイランで迫害を受けて、取るものも取らずに命がけで家族でマラウイへ亡命したんですよ。会ったのは私の任期も後半だったんですけど、すごくいい人で、包容力があって、彼女の存在は大きかった。協力隊の任期が終わって二回マラウイに行ったのも彼女に会うためなんです。最後に行ったのは四年前なんですけど、具合が悪くって、膵臓がんだったんです。娘のタラとメールのやり取りをしてたので分かったんですけど、ああ、もう末期だろうなって、行く準備もしていたんです。でも忙しくて行けなかった。……それは言い訳なんですよ。行けたんです。すごく悔やまれて、どうしてもお墓参りをしたいんです」

「ナミジムはマリンディの近くだね。マリンディで二年の任期の終わった先輩隊員の小泉さんがセスナでマラウイ湖に墜落して亡くなったでしょ。彼女が働いていたセント・マーティン病院の慰霊碑は僕らがいたときにできたけど、児島さんにお願いして連れてってもらうことにしたよ」

夢の中で消えた永遠の命

無数の白いちぎれ雲の下に青い大地がひろがり飛行機はゆっくりと高度を下げていった。「Warm Heart of Africa」といわれるマラウイの緑に驚いた二四年前のことが脳裏によみがえり、近づくマラウイの大地をくいいるようにみつめた。

南アフリカの空港の華やかさとは一転して、マラウイの首都リロングウェの空港は鄙びているが、それがかえって懐かしくもあり親しみがわいてくる。荷物を税関に通すときに人の良さそうな若い係員に「二二年ぶりに来たんだ」と話すと、「それで、僕へのプレゼントはこの中か」とスーツケースを軽くたたいた。マラウイは変わっていない、思わず嬉しくなって笑みがこぼれた。

空港を出ると見覚えのある花が目にとびこんできた。緑の木に咲きほこる黄色い花で、アカシアの木に似ているので「偽アカシア」と僕らは呼んでいた。

マラウイ空港には児島さんのドライバーが迎えに来ていた。三六〇度さえぎるものがないどこまでも広がる青空の中を、リロングウェの町へ向かって一本道がまっすぐにのびている。車窓を流れる風景に僕の目は吸いつけられた。道脇の土の上を歩く真黒な肌のマラウイ人は質素な服を着ている。女性はチテンジという巻きスカートをはき、学生はブルーの制服を着ていた。若い男女が並んで歩いている。やはり手をつないでいないが夜になるとモラルは一変するのだ。あの頃の風景とまったく同じじゃないか――。

町につき児島さんと合流した。六十代になった彼女は膝が痛いと言ってはいたが昔と変わらず生き生きとしていた。彼女の車で街の中を案内してもらい、僕らが去った後に導入された民主主義がもたらした変化、激変しているアフリカの経済成長を目の当たりにした。ショッピングモールの中の品ぞろえは豊富で、南アフリカからの輸入品だけだったころとは比べものにならない。車で乗りつけてショッピングに来る女性たちはとてもおしゃれで、かつては派手な服装といえば売春婦だったのが嘘のようだ。

児島さんの解説でショッピングモールの外の近代的なビルが並んでいる一画が、かつて歩いた煉瓦づくりが軒を並べ、ミシンでキコキコと服を縫う店や雑貨店のあったストリートだと知ったときにはあまりの変貌に愕然とした。車は黒い排気ガスを出さない新車がめだち、数も増えて渋滞していたが、道を歩き道端で物を売る庶民の姿は昔とほとんど変わっていない。

緑の木々につつまれた協力隊のドミトリーに行ってみた。若い青年海外協力隊員たちが二階の居間にくつろいでいた。児島さんが「先輩隊員よ」と紹介すると元気な挨拶が飛んできて、二二年前の自分たちを見るようで胸が熱くなった。

ドミトリーから近いゴールデンピーコックは、マラウイ到着後に荷物を解いて腰を落ち着けた宿だった。お世話になったオーナーのアマリ夫人はすでに亡くなり、今はインド料理店になっていた。それでも敷地内に立つと当時の思い出がよみがえってきた。協力隊員の感染症の検査のために採血をした廊下。そこへ僕らより一日遅れで到着した米国の平和部隊の連中が通りかかり、注射器に満たされた血液に反応して「麻薬か！」と周りを囲まれたものだ。ボツワナでのボランティア活動を終えて、米国に帰国する途中にマラウイに立ち寄った、平和部隊の女の子とよく話をした木々の生い茂るベランダも残っていた。

感傷的な気持ちにつつまれて金田さんの信号機へ向かった。

金田さんは僕らの二つ前に派遣された水道の隊員だが、一九八九年五月四日、交通事故で亡くなった。享年二三歳。四月に赴任した僕ら一八名は山奥のドーワという村でマラウイ語の現地訓練を受けたが、それも終わりに近づき事務手続きのためにマイクロバスで山を下り、エリア11付近に来たときのことだった。道路脇で先輩隊員が大きな声で叫び手を振りまわしてバスを止めた。彼は泣きじゃくりながら「カムズ中央病院へ」と叫んでいた。わきにはバイクが倒れていた。隊員に供与される五〇ccのヤマハMRの前輪は「く」の字に曲がっていた。「これは厳しいな」と自動車整備隊員の福士くんが小さくつぶやきバスの中には重い沈黙がひろがった。

僕らの隊次には医者が二人いた。僕と心臓外科医の吉田先生で、カムズ中央病院に着くと二人でICUに入った。ベッドの上に青年が横たわり、その脇にはカムズで働く二人の女性の医療隊員が言葉を失って立ちすくんでいた。青年の耳から液体が流れていた。大型トラックと五〇ccバイクの正面衝突だった。二人の日本人医師は何の役にもたたなかった。吉田先生が深いため息をついた。病院の外に出ると日差しが強く、抜けるような青空がひろがっていたのを覚えている。

マラウイではドライアイスが手に入らなかったので、日本から両親が来るまで遺体が腐敗しないように、ジンバブエから技師を呼び防腐剤の処置がほどこされた。

当時のマラウイには看護婦隊員が多く、彼女たちの手で死化粧がほどこされた。二三歳の金田君は彼女たちには弟のような存在だった。「金ちゃん」と涙声をかけながら慣れた手つきで死化粧が施され、最後に唇に紅がさされると、白い菊につつまれた丹精な青年の顔ははっとするように美しく生気を取り戻した。

両親との対面が終わると、ヒンズー教の火葬場を借りて遺体は荼毘にふされた。薪を積み重ねての火葬は燃え尽きるまで一晩かかり、協力隊員が交代で番をした。五月のアフリカの夜は冷えこみ毛布にくるまって歌を歌い、夜が過ぎた。いつものように空はまばゆいばかりの星空だった。

金田くんは昼休みに隊員の林さんの家へ自転車の修理に行き、そのあとバイクで職場へ向かう途中で三叉路へ差しかかった。反対側車線から来た大型トラックがウインカーを出さずに右折し正面衝突。信号機さえあれば……。その後JICA事務所の尽力で信号機が設置され、事故の現場には小さな慰霊碑がつくられたが、完成したのは僕らが帰国したあとだった。僕はどうしても自分の目で信号機を見たかった。

児島さんの車は慰霊碑の近くの空き地に止まった。

交差点の信号機は規則正しく動き、T字路を車が停止と発進を規則正しく繰り返していた。

「これなら正面衝突はありえないな……」

「そうね。信号機ができてから人が亡くなるような事故はないわね」と児島さんが言った。

慰霊碑は道路脇の芝の上に品よく建っていた。『MAY HIS SOUL REST IN PEACE』黒い石版に白い文字が並んでいた。

「林さんの家に寄って、それからここで事故にあったんですよね。彼女は協力隊のあとも国際協力つづけましたよね。何度か連絡をもらいましたよ」

当時の事情に精通している児島さんがうなずいた。彼女は僕ら隊員の健康管理を担っていた。彼女に責任がないといっても隊員の死亡にストレスも大きかったに違いない。

「そう。ご両親が来られて仮葬儀をして帰国されて、そのあとが大変だったわ。林さんよ。彼が自分のところに来たことが理由で事故にあったんだって、ずいぶん落ち込んでね。隊員のみんなに交代で家に行かせたわ。自殺でもしそうな落ち込みようだったのよ」

「好きだったのかな。ハンサムな好青年でしたよね」

「彼女が金田くんを好きだったのね。彼女は毎日この事故現場に来たのよ。花を買って、ずっと動かないでお祈りするのよ。マラウイアンの間では美談として語り継がれたの。彼女、帰国するまでそれをつづけたわ」

「彼女もこないだ亡くなったそうですね。肝炎だったたってメーリングリストで知りました」

「そうなのよ」

「アフリカって誘われるように次々と死んでいきますね。あの青空を見ていると、なんだか吸い込まれそうな、日本に帰りたくない気持になるな」

「ほんとね。今でも新隊員が赴任してくると慰霊碑をまわるのよ」

僕はふと幸ちゃんのことを思いだした。

「マラウイに赴任してちょうど一年たったときに隣国のザンビアで、広尾の派遣前研修で同じクラスだった幸ちゃんがマラリアで亡くなったなあ」

原間さんが僕の言葉に応じた。

「幸ちゃん、臨床検査技師でしたよね。笑顔が素敵でしたね。派遣前の広尾での訓練が私は苦手で……。早朝から起きてまだ薄暗い中を広尾の町をジョギングして屋上に集合。アフリカと日本の国歌を聞いて、あとは缶詰で英語の勉強でしょう。それが七七日もつづいたんですよ。彼女のおおらかさは、ばてていた私を和ませてくれたわ。こっそりタバコ吸うのも一緒だったし、アフリカ組は赴任のときロンドンで一泊だったでしょう。彼女とロンドン見物したんですよ。写真では必ずおどけたポーズするの。ザンビアからの手紙では赴任先のマンサでは卵や牛乳が手にはいりにくくって、任国外旅行は久しぶりに都会での贅沢を思い切り楽しむわってって書いてあったのに、その直前でしたね」

ザンビアで幸ちゃんが亡くなって、しばらくしてマラウイではまた一人の隊員が亡くなった。助産婦隊員の小泉さんで、帰国前日に職場のマリンディからリロングウェに行く途中、偶然に会った同僚に誘われて乗ったセスナがマラウイ湖に墜ちたのだ。

金田さん、幸ちゃん、小泉さんの世界に散らばった同期隊員が、原稿を書いて編集した三人の追悼文集を、僕は書斎の机の上の本棚に並べている。

青年海外協力隊員にとって途上国での活動は夢だった。未熟であることを痛感しながら、その中に活路を見出し何らかの意義を自分の中に見つけて時間をかけて昇華させた。アフリカの青空はあまりにも素敵で、夜空は吸い込まれるほど魅惑的だ。「アフリカが帰したがらないんだよ」、そんな言葉をよく耳にしたが、ほんとうにそうではなかったのかと今でも思う。

日本の高度な医療の中では、死にたくても死ねない、死なせてもらうことのできない老人がたくさんいる。そんな光景を二三歳で逝った金田くんの慰霊碑に重ねると、一瞬にして消えた若い命がひときわ鮮明な輝きを放ってくる。児島さんと原間さんと並んで慰霊碑の前に立ち、両手をあわせて冥福を祈りながら、しかし、二四年を経た今でも人々に思い出される夢の真ん中で終わった人生がうらやましく思えてくるのだった。

†ドクター・ボーグステン

ドクター・ボーグステンの生存は確認していた。昨年、修士論文の研究でQEの小児病棟に三カ月勤務した日本人の女医さんを通して、ボーグステンの息子のエリックにコンタクトをとることができたのだ。

赴任して一年くらいたったころだろうか、QEに勤務する協力隊員と、オランダ人の研修医たちと一緒にブランタイヤ郊外の山の上にあるボーグステンの家に呼ばれたが、その時、オランダから休暇で帰っていたエリックに会った。ボーグステンの家は広い敷地のある屋敷だった。エリックはベランダにいた僕の横にやってきて、作りかけの木造りの小物入れをみせてくれた。僕らのそばに母のアンキー・ボーグステンが立ち、「この子は手が器用なの」と目を細めた。エリックは将来マラウイに戻りこの手を使える仕事をしたいと言っていた。その言葉のとおり彼はマラウイに帰りQEの小児外科の教授になった。メールで母は健在で僕のことをよく覚えていると返事があった。半年前までQEに勤務していたらしい。

手術室から出てきた二二年ぶりに会うエリックは白髪で、当時は感じなかったが、歳月を経た彼の表情には母親の面影が漂うようになっていた。一度会っただけだが彼は僕のことを覚えていた。

手術控室を出て長い廊下をエリックのあとについて、児島さんと原間さんとともに歩いた。彼の部屋のドアにはprof.Erickとネームプレートがあった。僕がマラウイを去って、医学校ができ、この国で医師が誕生するようになり、彼は初代の小児外科教授になったのだ。なんだかうれしくなってドアの彼のプレートを写真に撮った。エリックは気さくで笑顔があふれ、忙しい中を僕らのために時間を割いてくれた。何度かスマートフォンが鳴り、二言三言話すと電話を切り、僕らの会話に戻った。

エリックはボーグステンへの訪問は午後三時くらいがいいだろうと言った。認知症はなく、頭はしっかりしていてずっと読み物をしているという。メールでは聞くことができなかったことでほっとした。

「ただし耳は遠くなり、一対一なら口の動きを見て会話をします。疲れて二〇分くらいで自分からお開きというので、そしたら家の周りを散歩してください。四時くらいに隣の自分の家を訪ねてもらえば、妻がセカンダリーに通う娘を連れて帰ってきますから。母は歳をとるにつれて病院に行く回数は減ったけど、半年前までは週に一回は行っていたんですよ」

エリックはそういうと笑って、手書きの地図をコピーし、自宅への道を教えてくれた。

「山道でロッキーな道を通ることになります。車はなんですか?」

「四輪駆動です。一度伺ったことがあるので想像はつきます」

協力隊員は車を持つことはできなかったので、オランダ人の研修医の運転する車にマラウイ人の準医師と乗せてもらい、森を抜け川を渡り細い道をのぼって行った記憶がおぼろげにある。たしかにノーマルタイヤの車のハンドルを持つ研修医が、簡単ではない道に何度か悲鳴をあげていた。

エリックと並んで記念撮影をした。原間さんがシャッターを押してくれた。

おもいきってエリックに聞いた。

「お母さんは何歳ですか?」

「八七歳、今週の金曜日に八八歳になります」と彼は笑った。

手書きの地図をたよりに山の上の家をめざした。ブランタイヤの町を抜け、木々の茂るスポーツクラブの脇を通り、郊外に出てしばらく行くと一本道の悪路に変わった。やがて分かれ道があらわれた。村人に聞くと、ボーグステンというだけでいっせいに左の道を指さした。五〇年のあいだ彼女はハンドルを握り、この道を通って病院と山の上の自宅を往復したのだ。

川を渡り、いくつかの村をすぎてロッキーな山道をのろのろとのぼっていく。すれ違う車は一台もない。

「以前来た時よりも悪くなってるみたいですね、もっと道は良かった気がします」と原間さんが言った。

児島さんがそれに答えた。

「この道はね、カムズ・バンダ大統領のときは整備されていたのよ。独裁政権だったけど、資源のないマラウイの生き延びる道として彼が説いたのが、忠誠、団結、規律、従順だったのよ。周囲が共産化するなかで資本主義を貫き、アパルトヘイトで孤立していた南アフリカからの援助を引き出し、台湾とも国交を結んだのよね」

僕の中に記憶がよみがえった。

「バンダ大統領は英国で開業していた医者で、一九六四年の英国からの独立直後にマラウイに呼び返されたんですよね。同じころQEの小児科に勤務したボーグステンとは仲がよかったみたいですね。政治犯が秘密警察に捕まり、海外へ逃亡することも多かった半面、治安はよかった。彼にはマラウイ国民のために安い給料で働いてくれるオランダ人医師の自宅へつづく道を整備することもできたんでしょうね」

「あのころは協力隊員が夜歩いても大きな事件はほとんどなかったわね。スカートも膝下だったし。今は夜の一人歩きは絶対やめてね。ほんと危険だから」

「なんだか、私たちを見る村人の表情が険しいですね。昔はもっと穏やかだったのに、なんか怖いですね」と後部座席から身を乗り出して原間さんが言った。

村は都会の近くでお金が必要なのか、車が近づくと子どもたちが駆け寄ってきてお金を求めるのだが、その表情に笑顔がない。

児島さんが答えた。

「窓をあけないでね。視線が厳しいのは貧富の差がひろがっているからよ。中国の経済支援がすごいの。台湾じゃないわ。メイン・チャイナよ。携帯電話も彼らのおかげであっという間にマラウイ全土で使えるようになったのよ。すごい勢いよ。日本のやりかたじゃ太刀打ちできない時代になったわ。庶民は文字が読めないでしょ。安い中古の携帯電話をQEに来る貧しい母親も使ってるのよ」

山の標高が少しずつ上がり、人家はまばらになってくる。不安になって山道を歩いている婦人たちに聞くと、そこよ、と道の先を指さした。すぐに「Borgstein」と手書きの矢印が見え、左折すると右手に見覚えのある家があらわれた。

「こんなところに住んでんの。すごいわねー、よかったんでしょう。乗馬とかやってたのよ」

児島さんがうなった。

「給料はマラウイ政府からだったのでそんなにもらってなかったはずですよ。当時は協力隊が三二〇ドルで、たしか聞いたことがあるけど六〇〇ドルっていってたかな」

「自然が好きなのよ。エリックも言ってたじゃない。通勤はマウンテンバイクだって。こんなに広い自然に囲まれた中でね」

† 命を決めるのは家族です。医者ではないのです

大きな屋敷の前に立つと二二年前にタイムスリップしたような気持ちになった。美しい栗毛の馬の背をふいていた見覚えのある小柄なサーバントが手を休めて、僕らを出迎えた。横で大きなしつけの良い若い犬がしっぽを振っている。当時も恐ろしく大きな犬がいて、同僚のマラウイ人の準医師は心底おびえていたが、毛並みといい体型といいよく似ている。

僕らの来ることは告げられていたようで、サーバントに案内されて玄関から右手に回り建物の外に作られたベランダ風の外廊下を歩き、さらに左に曲がるとボーグステンが長椅子に足を上げて雑誌を読んでいた。僕を見ると満面に笑みを浮かべ、雑誌を机の上におき、足をゆっくりおろして立ち上がり迎えてくれた。身長は一七〇センチ位あり、背筋のピンとした人だったが、目の前のボーグステンは背中が曲がりずいぶん小さくなっていた。しかし彼女の目は生き生きとかがやいていた。

「覚えていますか？　あなたとQEで働いていました」

「イエス、ドクター・ヤクシジ」

名前をいってくれて思わず涙がこぼれそうになった。

「耳が悪くなって、もう病院には行けなくなった」と耳を指した。そしてつぶやいた。「私は五〇年この国で働いたわ。でも年金はもらえない」

僕らが去ったのちに欧米がおきまりの経済制裁で圧力をかけ民主主義が導入され、カムズ・バンダ大統領の一党独裁は終わった。バンダの体制がつづいていたら年金もでたのだろうか。

「私はQEで歯科医をしていました。薬師寺先生と一緒にここにお招きいただいたことがありますと挨拶する原間さんに、ボーグステンは嬉しそうに笑った。

児島さんはマラウイの協力隊ナースの後に医療調整員になり、そして再び医療調整員としてマラウイに赴任していることを話した。マラウイの医療に関わったという共通点がその場の雰囲気を和やかなものにしていた。

あらかじめ僕らのためにお茶が用意してあった。ボーグステンは「飲みなさい」と言ってゆっくり僕ら一人ひとりにお茶を注いだ。

ベランダの前の広い敷地から涼しい風がながれてくる。ジャスミンティーの自然な味がとても美味しかった。

エリックからボーグステンは箸を使っていると聞いていたので、表参道の箸専門店で箸と箸置きを買ってきた。箸を包んでいた風呂敷の桜の絵柄が気に入ったようで、嬉しそうに目を細めて手に取り、首にあてがい、スカーフに使えると笑った。今もそうだが彼女はいつも首に青いスカーフをしていた。箸を手にすると自分は自己流なので正しい箸の使い方を教えてくれと言う。英語の説明書を渡し、児島さんが箸をとり使い方を教えボーグステンはそれを模倣した。

日本で流行りのマルちゃんラーメンを取り出し、英訳した手書きのつくり方を渡すと、読みはじめひとつひとつを確認した。味噌汁のつくり方も同じように説明し、ふりかけを舐めて「イケル」と笑った。

八八にもなろうというのに、目を輝かして学ぼうとしている姿に心を打たれた。

「クイーンエリザベス中央病院に今朝行ってきましたよ」と僕は言った。

「昔と比べてどうですか」

「小児科部長のケネディーは二〇〇人くらい診察しないといけないといってました。忙しそうであまり話ができませんでした。腸閉塞の腹部レントゲンをみながらスマホで外科医に電話して、コンサルしてましたよ。ずいぶん便利になりましたね。マラウイ人の医師がいました。栄養失調病棟に行きましたが、あのころのようにひどい子どもはみなくなりましたね。僕がいたころは半分は死んでいたけど」

「医学部ができて、マラウイ人の医者がマラウイから誕生しているのよ。あなたがいたころは準医師しかいなかったわね。喘息の子どもも入院するようになって、マラリアも少なくなったわ」

喘息は外国人医師が診る外来でときどきみかけ、裕福な子どもたちの入院する有料病棟でも診察したが、小児の一般病棟では二年の間に喘息患児は一人もみなかった。

「民主主義の効果ですか?」

「ものが手に入るようになったわ。でも庶民の生活は変わらない。私がマラウイに来た頃は人口が三〇〇万人、それがあなたが来た頃には八〇〇万、今では一一〇〇万人。家族計画を教えたわ。人口が二倍になると、黒板に線を一本ひき畑が半分になるのよって。さらに倍になると線をもう一本ひいてね。みんないったい何を話すのっていう目をして聞いていたけど、そうなったわ」

「経済の発展がすごいですね。南アフリカ経由で来ましたが、空港には高価な服を着た黒人の紳士やお洒落な女性が多かったです。マラウイも新しいビルが建って昔の風景が一瞬わからなくなります。ビジネスマンやオフィス・レディーの身なりのよさにも唖然としました。アフリカの変化と勢いに驚いています」

「ザンビア、モザンビーク、タンザニア、ジンバブエ、ケニア、周りの国は鉱山、石油、天然ガスがどんどんでているのよ。でもマラウイには何もない。将来はないわ」

率直にものを言う彼女のスタイルは昔と同じだ。ボーグステンの言葉は常に核心をついていた。

日本の病院に四年勤務して大学の医局で小児臨床の基本を叩き込まれた僕にとって、マラウイの病院で起きていることは驚きの連続で、理解できないことは何でもボーグステンに聞いた。彼女の答えは明快だった。

ボーグステンに再会したらもう一度聞いてみたいことがあった。

一九八九年、水面下で広がっていたエイズは爆発的な広がりを見せはじめていた。大人の結核病棟からエイズの検査を出すと八割が陽性だった。小児科でも先任のドイツ人の医師が子どものエイズは増えていると顔を曇らせた。彼が赴任した二年前には栄養失調で下痢がつづけば結核を疑えばよかったが、今ではエイズを疑う必要があると言っていた。

当時の小児外来と病棟は、マラリアの子どもたちがあふれていて死因のトップだった。

マラリアは赤血球を破壊し貧血が急速に進行し、午前中に入院した子どもが午後に心不全を起こして死亡することは珍しくなかった。エイズの蔓延もあり、輸血用の安全な血液の入手が不可能な状況で、ボーグステンは患児に付き添っている母親の血液を承諾を得たうえで輸血することを決めた。

僕は彼女に質問した。

「産科外来で研究をしている米国のジョンズ・ホプキンスの女医さんがこっそりいっていました。外来に来る妊婦の二三%がエイズ陽性だそうです」

「ほかに選択肢はないわ。今、母親の血液を輸血しないとこの子は一時間後に死ぬのよ」

「二三%の確率でエイズウイルスを子どもに輸血することになるんですよ」

ボーグステンは僕の目を見てきっぱりと言った。

「七七%はウイルスはないのよ。子どもの命を決めるのは母親です。私でもあなたでもない。貧血の進行を止めて、運が良ければ退院ができるのよ」

彼女のロジックは間違いないと思った。僕は納得し、同じように母親の承諾を得たうえで母親の血液を輸血するようになり、多くの命を救った。同時に数年後にはそんな子どもたちのなかからエイズを発症する者がでてくるはずで、さらに悲惨なことに母親もエイズを発症して死亡し、多くが孤児となることも予想できた。僕は母親から輸血の承諾を取りながら、一〇年後にアフリカに多くのエイズ孤児を作った一因は、小児科医たちの浅薄なヒューマニズムだったと批判される時代がくるのかもしれないと感じた。僕は自分がやっていることが一時的な自己満足のヒューマニズムなのか、死に瀕した子どもを救う正義なのか、答えをだせなかった。

今でもその時のことをはっきりと覚えている。肩で息をする乳児を抱いた母親の前で質問をすると、ボーグステンは立ち止まり、僕を正面から見て、いつもの厳しい表情ではっきりとした口調で答えたのだ。

僕の心配した一〇年が過ぎ、二〇年が過ぎ、今ではネットでWHOのデータに簡単にアクセスできる時代になり、ホームページをみるとマラウイの子どもの死因の三位にエイズがある。むろん輸血感染は小さな要因に違いない。「僕らがやったことは、子どもたちに生を与え、同時に死を与えたのでしょうか」。僕は彼女に聞いてみようと思っていた。しかし腰が曲がり小さくなったボーグステンを見ていると、そんな質問に意味がないように思えてきた。彼女の老いに躊躇したのではない。僕の中に罪悪感が生じたのでもなかった。

僕はふと小児科学会で聞いた二四週未満の未熟児の救命の話を思い出した。日本では一度開始した延命は中止することはないのだが、欧米では両親の意見を尊重し、やめることができるというのだ。大人でも同じで日本では一度入れた延命の管を抜く医者はほとんどいない。二二年前にボーグステンは言った。「こどもの命を決めるのは母親です。私でもあなたでもない」と。彼女は子どもの命は医者が決めるのではないと言い切ったのだ。それは何も子どもに限ったことではない。家族の命は家族が決めるというごく自然な真理だったのだ。日本では本人や家族が管を抜いてください、これ以上苦しませないでほしいという願いを医者に聞き入れられることはほとんどない。僕は日本がつきすすんできた医療がとんでもない罪を犯していることを知った。

✝ マラウイの赤ひげ

彼女をしばらくみつめて、僕はバッグから本を取り出した。

「本を書いたんです」

大学院で働いた最後の年に書き、何度もボーグステンに送ろうと思っていたものだ。マラウイへの機内で読み返してみると、国際協力の現場の本音がストレートに書かれていて、そこにはボーグステンをはじめとする欧米の医師が身につけていた「自分」が表現されていることに気づいた。あらためて青年海外協力隊の二年間で受けた影響の大きさを感じずにはいられなかった。

「あなたとの会話はここです」付箋を貼った三カ所をさした。

彼女はページをめくり、「英語じゃないわね」とにやりと笑った。昔のままの笑顔だった。病棟では常に厳しい顔をしていたが、ときおり見せる笑顔はやわらかく愛嬌があった。

本の扉に書いた彼女の名前と僕のサインを指差すと、嬉しそうに笑ってしばらくそのページをみていたが、「何を書いたんですか」と聞いた。

「世界の最貧国で僕が見た医療の実態を書きました。マラウイとラオスでの体験です」

ボーグステンはラオスという国名にうなずいた。僕は本のなかのアフリカとアジアの地図をしめした。

「マラウイから帰国して国際協力の仕事をつづけましたが、マラウイは原点でした。子どもたちの死ぬ背景には貧困がありました。貧困を作りだす原因が分かれば是正していけばいいはずです。しかし世界を支配するわずかな富裕層にとって、貧困は手段でしかないことを知ったのです。ポリオ根絶でWHOやユニセフとも仕事をしましたが、彼らはお金をたくさん出すドナーの意志で動くことに驚きました。世界市場を左右できるWHOの政策には巨大な利権がからみ、科学的根拠を示す研究さえ企業に利益をもたらす結論に結びつくのです。この本の中で貧困削減という美しいレトリックの背景にある素朴な疑問や矛盾を書きました。あなたはWHOの天然痘根絶宣言のあとに、マラウイで地上から消滅したはずの天然痘がみつかったことを話してくれましたね。国際機関を信じ尊敬さえしていた僕は、それを聞いたときにはほんとうに驚きました。マラウイは出発点なのです」

彼女はゆっくりと立ち上がり、歩きだした。振り返って、ついてこい、というので原間さんと二人で彼女の背を追った。ベランダから家の中に入るとそこは彼女の書斎だった。天井が高く広い空間に大きな机が置かれ、その上に医学書が積まれ、壁の本棚にも本がぎっしりと並んでいた。寝室の机にも整理された本がずらりと置いてあった。彼女は僕らに向かって全部読んだと言った。僕がQEに赴任して間もなく、彼女の表情に親しみを感じだしたころに、「日本人が書いた『TOTTO CHAN』を読んだが、あれはよかった」と話してくれたことがある。黒柳徹子の『窓ぎわのトットちゃん』のことで、この読書量をみればなるほどと思えてきた。

赴任して間もないころ、病棟回診で結膜炎がひどく、口が腫れ上がったスティーブンス・ジョンソン症候群の子どものベッドサイドで「日本には川崎病があるでしょう。診たことはありますか」と聞かれたことがある。「たくさん診ました」と答えると、「病院のカンファレンスで発表してください。日本語では誰も分からないから英語でね」と彼女は笑った。

初めての英語での発表で緊張して準備をしたことが懐かしい。川崎病は日本人の川崎富作が発見した病気だ。今思うと、彼女はスティーブンス・ジョンソン症候群の鑑別疾患の川崎病について僕に発表をさせることで、本でしか知らない知識に臨床体験を肉づけして理解を深めようとしたのだ。僕の前任者はドイツ人でコンゴのWHOへ行ったが、彼が病棟に遊びに来た時には、敗血症に対する抗生物質の投与期間が変更される、という情報についてのWHOの見解を聞いていた。夏休みの休暇でオランダからの帰りにイギリスの病院に見学に行き、心臓超音波ドップラーが色付きになって血流を表示していることを、目を丸くして話していた。インターネットがなく情報は簡単に入手できない時代だった。しかもマラウイは医学部がなく、図書館の医学雑誌といえば一年前の「ランセット」がパラパラとしかないＱＥで、彼女は常に最先端の知識を持ち続けようと努力しつづけたのだ。この書斎はそれを物語っている。

壁には家族の写真があり、エリックの小さいころの写真も貼ってあった。

「だんなさんですか?」と原間さんが額縁に入った男女の顔写真をみて聞いた。

「イエス」、彼女は原間さんの質問に答えてしばらく写真を見つめた。

彼女の夫はＱＥの外科医で、休日を利用して南のムランジェ山へ夫婦で登山に行き、山頂で心臓発作を起こし亡くなっている。僕が赴任するずっと前のことで、ＱＥではスタッフや患者に信頼のあつい医師だった。当時を語る看護婦の表情は悲しそうだった。「とてもいい先生でした。夜中でも患者が急変すると来てくれました。彼が亡くなって、たくさんの入院患者が亡くなったんです」。まだ外国人の医者も少なかったころのことで、当直医も不足していたのだろう。急変した患者を救うために、僕らが来た山道をヘッドライトの光をたよりに、ハンドルを握りしめて病院へ向かったのだ。

ボーグステンは居間に移動し、冷蔵庫をあけて手製のクッキーとパンケーキを取り出し、ベランダへ出て、児島さんが待っているテーブルの上に置いた。ＱＥでともに働いていたころも、病院の一室に彼女はときどき僕と同僚のアメリカ人のレゲットを呼んで、お茶をふるまったが、そのときに登場したクッキーだ。

エリックが予告したタイムミリミットの二〇分をすぎても会話はつづいた。一時間すぎても話ははずみ、なかなか自分から話を切り上げようとはしない。僕らも楽しくて話をつづけたかったが、彼女の健康を気にしてこちらから話を切り上げた。原間さんと児島さんにつづいて、僕も彼女とハグをした。ちょっととまどうような表情をして彼女は僕の背に両手をまわした。そしてボーグステンは車のところまでゆっくりと歩き、僕らを見送ってくれた。

僕はボーグステンに渡した本のあとがきに、「日本人の心には赤ひげの単純なヒューマニズムが宿っている。欧米の声に流されるのではなく、自分の言葉で語ることができるはずだ」と書いた。臨床にもどって救急病院で頑張っている同僚を見ていると、その献身的な働きぶりは赤ひげを連想させ、いかに安価な医療財源で日本の高度な医療が成り立っているかが分かる。しかしそれは何も日本に限ったことではなかった。サーバントと並んで屋敷の前に立ち、腰が曲がり小さくなった体ですっくと立ち、嬉しそうに笑顔で手を振るボーグステンがマラウイの赤ひげに見えてしかたなかった。

最期はそばにいるということ

児島さんが口を開いた。

「来てよかったわ。ずっと話してたわね。もっと話したかったみたいね。薬師寺先生のこと好きだったのね。信頼できたのよ。今でこそたくさんの民間病院ができているけど、あの当時のＱＥはリロングウェのカムズ中央病院とトップを競う病院だったわ」

原間さんも嬉しそうに言った。

「ほんと、来てよかったです、ドクター・ボーグステンもうれしかったと思いますよ。退職したあとに、二二年もたって、自分に会うために山の上の家まで来てくれたんですもの」

「この山の上まで、あの四駆で彼女は五〇年もＱＥを往復したんですね。半年前までだっていうからすごい。児島さんのいうようにここの自然が好きなんだな」

「そうよ。見たでしょ。見事な栗毛の馬がいて、自然のなかを乗馬なんかやってたのよ。サーバントもいてね。質素だけど豊かな生活よ」

「でも、病気のときが大変だな。昼間はサーバントしかいないし。夕方になるとエリックの奥さんと孫娘がセカンダリースクールから戻ってくるけど。高齢だし脳卒中や心筋梗塞がおきても対応が遅れますよね」

「マラウイでは心臓カテーテルはできないわ。心筋梗塞の治療は無理ね。ＭＲＩも一台よ。朝起きた時に冷たくなっているということもあるわね。私の母もそうだったわ。でもね、それが幸せよ。それにこんな山の上じゃどうしようもないでしょう。あきらめがつくわ」

「私もそれが幸せと思います。日本じゃ寝たきりの老人にも延命するんでしょ。私と夫の両親は健在なんですよ。八〇を超えて四人とも元気なんです。珍しいでしょ。歯医者を引退して畑をやったり、ゴルフをしたりしているわ。でも、最後は自宅で自然にって思ってます。

宙さんの病院ではどうですか」

　原間さんの問いに僕は答えた。

「寝たきり老人が胃瘻や中心静脈につながれて延命していますよ。日本じゃ八割近くは病院で死ぬけどオランダでは二割くらいです。老人は一人で暮らすことが多いので自宅で亡くなるのは四割くらいで、四割は施設ですね。ヨーロッパと日本じゃ死生観が違うのかな」

「オランダ人の考え方は合理的で先進的よね。世界で最初に、安楽死の法律を作った国でしょ」と児島さんが言った。

「医局で同僚と雑談したことがあるけど、自分が老人になって奥さんも死んで独りぼっちになって、トイレも行けなくオムツをしなくてはならない、食べ物も誤嚥するようになったらどうするって」

「まあ、お医者さんたちの本音を聞きたいわ」

「安楽死です。モルヒネを大量に打てばいい。オムツはいて人の世話になってまで生きていたくないっていう先生もいましたよ」

「ずるいわ。先生たちはモルヒネが簡単に手に入るけど、あたしたちは手に入らないわ」

「モルヒネは戯言じゃないですよ。無言で横たわる老人に点滴を抜かないように手足を縛って抑制までして治療をすることに、医者も看護師もうんざりしているんですよ。オランダはマリファナも売春婦も認めている先進的な国で、安楽死もそんな土壌からでてきたんでしょうけど、人生の最期をどうするか、根底にはキリスト教があるのかな」

「キリスト教では、すべての生物は神が創造したものだから選別があるのよね。彼らはもがき苦しむ動物をあっさり安楽死させるべきだと信じているわ。老人が動物と同じじゃないし、安楽死は賛否両論あるけど、キリスト教の影響は感じるわね。日本人は仏教だからね。どうしてもやさしいというか躊躇するわね。不殺生戒《ふせっしょうかい》、むやみな殺生はだめなのよね。だから協力隊の子はマラウイ人に同じ目線で接することができるのかな……、現地の人に受け入れられるのよね」

「ボーグステンはマラウイ人に平等でしたよ。いまでも山の上の家で、病気の村人が来て、曲がった腰で処方箋を書いているらしいですよ」

「彼女にとってマラウイは故郷なのよ」

「ヨーロッパでは食べられなくなったら寿命と考えるそうですよ。終末期の人に胃瘻はしないそうです。肺炎になっても経口の抗生剤だけ。うらやましい。日本じゃ、胃瘻、中心静脈からの高カロリー輸液、熱がでたら点滴で抗生剤を使って、どんどん耐性菌をつくってばらまいています。老衰をうまく受け入れられないのでしょうね、自分のなかで整理できないものだから、憎悪と不信の目で僕らに治療を強要する家族もいてうんざりですよ。ベッドに寝たきりで関節が拘縮し、会話もできず、手足を抑制された老人がどんどん増えています。ヨーロッパではそれを老人虐待と考えるそうですよ。日本で問題になっている終末期の医療、無意味と思える延命が、仏教の不殺生戒の影響だとすると困ったもんだな。大学のときの宗教学の先生は、釈迦はいかに幸せに生きるかを考えたといっていました。それを聞いて感動したけど、終末期の医療はお釈迦さまの教えと違ったことになっている」

「途上国の医療援助にはキリスト教は似合うのよね。この国もミッション系の病院多いでしょ。日本のお寺の病院がないのよね。曹洞宗ボランティアとか天理教は活動しているけどね。うさんくさい宗教の医療ボランティアもあるけど、勢力拡大が目的ね」

「僕が協力隊だったとき、QEの小児病棟に夕方になると必ず初老の神父がやってきて、汗をふきながらベッドをひとつずつ回ってましたよ」

「先生はキリスト教なの」

「耶蘇じゃないですよ。植民地政策とダブってしまうのもあるけど、それよりもアフリカの土人は神を知らないから教えてあげなくてはならないという、歴史的に思いあがった態度に拒絶反応ですね。アフリカの文化じゃないですか、ほっといてほしいですよ」

「ミッション系の病院にはチャペルがあるわね」

「キリスト教では迷うことなく死ぬ間際に天国で会いましょうっていえるんです。希望を持てますよね。日本の寺もかつては困った庶民のかけこみ寺で僧侶は人々の相談役でもあったのに、今の坊さんは葬式やってれば生活できるものだからあぐらをかいてしまったんでしょうね。テレビでうんちくを垂れる坊主はみるけど、病院に来て患者に向き合う坊さんをみたことがない。でもね、ラオスの病院には僧侶が来るんですよ、患者は大喜びだったなあ。医者は点滴をやめたら何日で死にます、という見通しは言えるけど、その先の死後の世界には言葉がない。お釈迦さまは死後の世界について一切語らなかったけど、その行間を宗教を学んだ坊さんなら知っているはずでしょう。病室に来て死を目前にした患者の苦しみや不安に耳を傾けるべきでしょう。背広でいいじゃないですか」

　僕と児島さんの会話を黙って聞いていた原間さんが口を開いた。

「医学部や病院では若い医師になんて教えるんですか？　患者さんの死に遭遇しないお医者さんはいないですよね」

「大学病院で小児科研修をしてたとき、患者が死ぬときはそばにいなさいといわれたな」

「いたんですか」

「理由は分からなかったけど、いましたよ。自然にね。最初は白血病の少女だった。小学校に行く前の子で、抗がん剤でつるつるになった頭にバンダナ巻いて可愛かったな。何度も何度も病室に行ってね。母親が心配して、先生、明日は日曜だからゆっくり休んでくださいねっていいわれたよ」

「つらいですね」

「再生不良性貧血の一六歳の男の子もつらかった。ずっと小児科で診ていた子で、僕が最後の主治医になった。治療が効かなくて輸血の繰り返し。最後は三日病院に泊まって、土曜日の夜にアパートにもどって、翌朝病棟から電話がかかってきてね、バイクのアクセル全開で行ったよ。入院中に一言も僕に口を利かなかったのに、病室に入ると僕の目をはじめて見たんだよ」

「どうしてその子は先生に沈黙してたんですか？」

「仲のいいナースが教えてくれた。陽ちゃんは先生たちが怖いんじゃないかって。びっくりしたよ、検査や治療が痛くて嫌いといわれるなら理解できるけど、怖いなんて考えもしなかった。彼女はつづけた。頑張ろうねっていわれて痛いのを我慢して採血され、副作用に耐えながら治療うけてもちっともよくならない。先生たちが集まって話をしていると、自分の病気がまた悪化してるんじゃないかって思うんじゃない。よくなってるなら別よ。小学校六年から五年間も入退院を繰り返してるのよ。陽ちゃんは一六歳よ、悪くなってるのは分かるわ。死を予感してるかもしれない。先生たちが怖いのよ。完全に口を閉ざすことで、必死で崩れそうな自分を守ってるんじゃないかってね。ショックだったよ」

「その子が最期には先生を待っていたんですね」

「臨終が近づいた呼吸だった。病室にはいると彼ははじめて僕の目をみた。目には涙が浮かんでいて朝日に光ってね。なんだか安堵したような表情にもみえた」

「先生に最期に診てもらえて、その子は安心して旅立ったような気がするなあ。でも素敵なナースですね」

「病室から出ると、目に涙をうかべて、先生はよくやったわって声をかけてくれたよ。不思議だったのは医局長が、僕が病室に着く前に陽一のそばにいたんだ。しかもアイロンの線が見えるきれいな白衣を着てね。彼の家はすぐに病院に来れる距離じゃなかったのに」

「病院に泊まってたんじゃないですか。きれいな白衣も旅立つ少年を見送るための誠意ですよ」

やはりそうなのか、長年の疑問が解けた気がした。医局長は血液の専門で世界の最先端の治療を熟知し、陽一の病を救うことができない無念さを誰よりも感じていたはずだ。最期のことを僕は覚えている。自分のふがいなさを払しょくするように陽一の胸を押し続け、彼の名を呼び、頑張れと大きな声にだした。汗が鼻梁をつたって陽一の顔に何滴も落ちた。助かるわけはなかった。それでも僕は陽一の胸骨を押しつづけた。ベッドの向こうに立つ医局長は僕を止めなかった。やがて僕の目は彼の目とからみあった。彼は静かにうなずき、陽一の胸においた僕の両手からすーと力が抜けた。医局長の目は真っ赤だった。米国留学から戻ったばかりの秀才で、冷徹な雰囲気の漂うエリートの両目に浮かんだ涙に驚いた。

「そばにいることって一番大切なことのような気がします」

「その医局長は四〇歳で教授になったよ。そばにいることの意味、原間さんにいわれてやっと分かった気がする。今は内科で死亡確認のときに患者と家族のそばに行くけど、老人の多くは一人で死んでるよ」

「病院ならナースや看護助手さんがいますね」

「そうだね。常に患者のそばにいる彼女たちの存在は大きい。一番いいのは自宅で家族に囲まれることだと思うけど、今の日本では家族にそばにいてもらうことは難しい。でも誰かがそばにいるというのはすごく大きいことだと思うよ」

しばらく山道をおりたところで、セカンダリーに通う娘さんをピックアップしたエリックの妻のソフィアが運転する車と出会った。山にのぼり始めてから初めてすれちがう車だった。車を降りてしばらく僕らは談笑した。ソフィアは気さくな人でエリックから聞いているといって旧知のような親しみで僕に接してくれた。一六、一七だろうか、見覚えのあるインターナショナルの制服を着た娘さんはブロンドの美しい顔立ちで、マラウイの自然がつくりあげたのだろう、素直で優しい気配を漂わせていた。

山の中腹から見渡す風景は、ほっとするものがある。谷向こうに見える山肌は緑が鮮やかで、点在する集落の家々がのどかで美しい。ゆるやかな風が流れていた。ボーグステンもいつか長年暮らしたこの山の家で、エリックと妻のソフィアや孫娘、サーバント、大きな犬、そして村人たちに囲まれて生涯を終えるときがくる。それは至福に満ちた人生の終焉にちがいない。彼女にとってここが天国で、その時を受け入れる覚悟がすでにあるように思える。何よりも最期のときにはそばによりそう人がいるのだ。それは彼女が人生のなかでゆっくりと時間をかけて築き上げてきたものなのだ。

✝ チョウェイ村の長老とウイリアム・ランボーン

僕と児島さんは一日遅れて原間さんを追った。マラウイ湖畔のマンゴチをめざし、そこからシレ川を超えて二〇キロほど行ったところにナミジムという森林リゾートの町があり、さらに山道をのぼるとチョウウェイ村で、原間さんの友人だったミノーの娘のタラが経営しているロッジがある。ジープが山の上のロッジから村に下りてきて僕らをピックアップしてくれることになっている。

原間さんがイランから亡命したミノーという同じ歯科医の女性に深い感銘をうけ親交があったということを、今回のマラウイ行きではじめて知った。帰国後二回、彼女はマラウイを訪ね、リロングウェのミノーの家に泊った。二回目に訪問した時には膵臓がんが進行していた。

「お墓参りをしたいんですよ」、香港の空港で再会したときに彼女はつぶやいた。僕がボーグステンに会いたかったように、墓参りは彼女の気持ちを整理するうえで大切なことだったのだ。

「イランからの亡命なんです。宗教がちがったんですね。親戚の何人かは射殺され、ミノーも死ぬ思いで、身一つで夫と娘二人とマラウイに逃げてきたんです。同じ歯科医でしょ。リロングウェにクリニックを開いていたので、私たちの任期も後半に入ったころ訪ねたんです。すごく温かくって、包容力があったんですよ。娘のタラからのメールで、もう最後って分かったの。忙しかったっていうのは今思えばいいわけですよ。行こうと思えば私は行けたんです。ほんとに悔やまれて」

おしゃべりではない原間さんの口からミノーへの思いがすらすらと零れ落ちた。

チョウウェイ村のロッジには、週末を利用してミノーの夫と次女のモナがリロングウェから来て、タラと合流し家族がそろう。原間さんは一足先にローカルバスに揺られてロッジに着いていたが、自然に包まれたとても素敵なところなので一泊しませんか、と僕たちを誘ったのだ。

　児島さんのドライバーが運転する車はブランタイヤから北へのぼり、かつては多くの協力隊員が派遣され、日本人コミュニティーをつくっていたゾンバを抜け、小悪魔ちゃんがいたミッション系の病院を過ぎ、カバの出没するリウォンデをこえ、マラウイ湖畔のマンゴチに着いた。この湖で獲れるチャンボは日本にも輸出される魚で美味しい。はじめて食べたのは妻がマラウイに遊びに来てQEの看護婦長さんの家族に連れて行ってもらったときだった。

　シレ川を渡り、舗装された道を走り、なだらかな山道をワインディングしながらのぼっていく。左手を見下ろすと広大な荒野にバオバブの木が生い茂り、マラウイ湖がかなたに見える。空は抜けるような青空で、白い雲がくっきりと浮かんでいる。見覚えのある風景だが、妻が来た時にレンタカーで走ったような気もするが、記憶が定かではない。亡くなった父は小児科医でマラウイに来る計画をたてていたが、祖母が亡くなり僕を訪ねることはなかった。R1200Rのバイクでこの山道を走れば、死んだ父にも彼が夢見た壮大なアフリカの大地を見せてあげられるような気がした。

　人家が道路沿いにポツポツとあらわれ、チョウェイ村についた。チテンジという腰巻をまとったマラウイアンの女性たちが頭に籠をのせて歩いている。チテンジは鮮やかな原色で、女性たちのおしゃれが伝わってくる。村の生活は楽ではないはずだが、どこかのんびりと時間が過ぎ、陽気で明るい人々の息吹きがとどいてくるようで、初めて訪れた村なのに、かつてマラウイにいたころに感じた雰囲気が漂っている。見慣れた街並みであるはずのリロングウェやブランタイヤの都会では感じることがなかった二二年前のマラウイにタイムスリップしたような気持ちになった。

村の前の舗装された大通りに立つと、正面に山がたちはだかり、急峻な細い山道がまっすぐにのびている。回りの叢では数匹のヤギがひたすら草を食んでいる。原間さんからの電話では、この山道の上にタラのロッジがあり、そこから迎えのジープが来ることになっていた。「村の人を一人診てもらえますか」と原間さんは電話でそう言ったが、僕らをピックアップにきたジープに彼女の姿はなかった。ジープから降りてきたのは人の良さそうなノッポの白人で、白いひげを蓄え、いかにも自然が好きそうな英国人だった。

石や岩が露出する狭くて傾斜の鋭い山道を一五分ほど揺られた。ロッジでは原間さんとタラが出迎えた。デイブはタラのパートナーだった。二人はロンドンで出会い、もともと自然が好きだったデイブはタラが考えていたエコに配慮したロッジの計画に共感し、マラウイに来て二人でロッジを運営するようになった。電気はすべて太陽光エネルギーで食物は有機栽培、そんなところが原間さんの感性ともぴったりで、ミノーの死後も家族との付き合いがつづいている。今夜、タラの父と妹、つまり亡くなったミノーの夫と次女もこのロッジにやってくる。

ベランダのテーブルに置かれたアルバムにはロッジの歴史が折りたたまれていた。日に焼けた古い白黒写真の白人の家族は、映画で観る植民地時代の上流階級の人たちのように見える。男たちはスーツにネクタイで洒落た帽子をかぶり、女性たちの服装もシックで古き欧州の香りがただようようだ。このベランダから数分上ったところにある岩場のプールで、水遊びをしている美しい女性と子どもたちの生き生きとした家族写真からは温もりが伝わってくる。ベレー帽の男性がバイクの前でポーズをとっている写真に僕の目は釘づけになった。エンジンが横に飛び出した水平対向二気筒（ボクサー・フラットツイン）を搭載したBMWのRシリーズの初期の自動二輪だ。一九二三年にドイツで誕生したバイクが地中海を渡り、アフリカ大陸を下り、赤道をこえてこの山奥の村まで到達していたのだ――。僕が乗っているR1200Rはこの単車の延長線上にある。

寡黙なデイブが静かに歴史を語りはじめた。

一九二六年にイギリスの植民地政府の医学昆虫学者であったウイリアム・ランボーンが、ナミジムのこのチョウェイ村に住居を建てたのがロッジのはじまりだ。ウイリアムは僕と児島さんがチャンボを食べたマラウイ湖畔のマンゴチの病院で研究をし、週末は家族とともにこの家で過ごした。当時この地域は交通の要所として賑わっていたが、ブランタイヤから来るには、橋がなく、道は舗装されない悪路で三日がかりだった。

ウイリアムは有名な昆虫学者で、彼がここで発見した新種の蝶によって、ナミジムは未知の蝶や昆虫の生息地として注目を集め、世界中から研究者や収集家が訪れるようになる。蝶の名は Cooksonia alicia。オレンジの羽の中央に丸い黒点があり羽の端が黒く縁どられた蝶で、妻の名が命名された。アリシアはとても美しく社交的だった一方で冷淡なところがあった。移動に使われた四人の黒人男性が担ぐ輿にアリシアが乗り家族でサファリにでかけたとき、アリシアが杖で一人を鞭打ち、ウイリアムと妻は激しい喧嘩になったことがある。

彼女はここでの生活になじめなかった。そんな彼女のためにウイリアムは岩場にプールをつくり、社交のテニスコートをつくった。蝶に妻の名をつけて彼は二人の間を修復しようと努力した。ところがCooksonia aliciaが発見された直後、アリシアはマンゴチの植民地政府の役人と関係を持つようになった。

ウイリアムは研究のために村人から血液採取もしたが、そのお礼にコインやお菓子を村人にあたえ、病人がいるときには無料で診療をした。研究は一流でロンドン熱帯医学校の学部長としての誘いがあったが彼はそれを断り、この村に残った。妻は激怒し英国に帰った。ウイリアムは心からマラウイとこの村の人々と彼らの生活を愛した。豊かな自然とそこに棲息する昆虫に魅せられ研究をつづけ、一九五九年三月六日にマンゴチで七二年の生涯を終えた。彼の墓はマンゴチの外人墓地にある。タラとデイブは墓地に行ってみたがどれが彼の墓石なのか分からなかったそうだ。二人はランボーンの家をウイリアムの孫のトニーから買いとりロッジとして改造した。

僕はデイブに言った。

「ボーグステンと同じでヨーロッパの人はアフリカで頑張りますね」

デイブは人懐っこい笑みを浮かべ、タラが答えた。

「アンキー・ボーグステンね。よく知ってるわ。息子のエリックと奥さんのソフィアはときどき週末を利用してこのロッジに遊びに来るのよ。娘さんはウイリアムが妻のためにつくった上のプールがお気に入りよ。太陽光エネルギーで自然の水を温水にしているの。ドクターも入るといいわ。青空の下で高原が見下ろせてリラックスできるわ。パワースポットよ。アンキーね、彼女はすごいわ。ブランタイヤの山の上のエリックとソフィアの家に遊びに行ったとき、彼女は腰を曲げて、村人を診察して薬の処方箋を切っていたわ。どちらが患者か分からないの。すごいことよ」

タラの屈託のない笑顔が初対面の緊張をほぐした。

日本人が忘れた緩和の原型

お茶と手作りのケーキがふるまわれひと段落すると、タラは僕のほうへ身を乗り出した。

「もう少ししたら、村のほうへ行ってもらえますか。診てもらいたい人がいるんです」

原間さんがタラはナースだといっていたことを思いだした。

「大人ですか、子どもですか」

「老人よ。長老でチーフと呼んでいるわ。村を治めこのロッジの開発にながいこと尽くしてくれた人なの。ウイリアム・ランボーンとも二〇年近く交流があり、彼の最期にも立ち会ったのよ。このロッジの建設の手助けもしてくれたわ。もう九〇を超えているわ」

途上国の田舎へ行くと、ときどき患者を診てくれといわれることがある。かつては子どもだけを診たが、今では大人も診ることができるようになった。ＱＥにいたころ、四〇歳近くの英国人の医者が小児科に研修でやってきて、「僕はもともと外科だったんだけど、産婦人科に転向したんです。医者としての幅がひろがると思って。僕がそう思うだけで違うかもしれないけど」と明るく笑っていた。当時は変わった人だと思ったが、今では彼の気持ちがよく分かる気がする。

デイブの運転するジープにタラと原間さんが同乗し山道を降りた。

タラはチュワ語を完璧にしゃべり、村の入り口にいた数名の女性に大きな声で挨拶をした。どうも、日本から来た医者にチーフを診てもらうの、というようなことを言っているようで、陽気なマラウイアンの女性たちは、その場に立って踊りだし歓迎してくれた。腰を振り、手を挙げて、体をくねって笑った。

一人の女性は大きなお尻をこちらに向けて、小気味よく左右に振りだして、手を振って手招きをした。僕が笑うと他の女性たちも大きな声で笑いだした。

タラも横で楽しそう笑っている。「私は都会はだめなの。ブランタイヤに行くと数日で息苦しくなるの。ここの空気や空や星空がなつかしくなるわ」

ジープを見て子どもたちが走り寄ってきた。はじけるような笑顔だ。日本でアフリカを思い出す時は、悲惨な病院ではなく、抜けるような青空、いつまでも見飽きることのない夜空、そして子どもたちの笑顔だった。マラウイに戻って五日目、ようやく僕を魅了した懐かしいマラウイを再発見していた。


「見せてあげたら」とカメラのシャッターを押し続ける僕にタラが笑顔で言った。

スクリーンに映る絵を見せると、子どもたちの笑顔がはじけた。

チーフは村の奥の自宅にいた。


「病院のようにはできませんよ。聴診器もないし、薬もないし」

タラは僕の顔を見て答えた。


「いいの、分かっているわ。診療所のメディカルアシスタントにも診てもらったわ。もう、長くないと思うの。でも日本から来たドクターが診てくれる、それだけでいいの」

中に入ると土間の上に汗だらけの体格のいい男性が横になっていた。苦しそうにうめき、体は妻のほうを向いていた。床に座る妻はチーフの体をさすっていた。

僕に何ができるというのだろう。せめて聴診器でもあればかっこうがつくのだが。チーフは終末期だ。妻はじっとそばに付き添い夫の体をさすりつづけている。僕はここで治す医療をしてはならないのだと感じた。妻も家族も村人も、そして僕をここに連れてきたタラもデイブも、チーフは最期が近づいていて自宅で命が終わることを受け入れているように感じた。この村で生まれ、育ち、生きてきたチーフの一生が終わろうとしている。通りすがりの医者である僕に求められていることは、九〇過ぎまで生きたチーフの見事な人生の終焉に華をそえることで、まちがえても彼の人生のストーリーを変えてはならないのだ。僕は再びチーフを見つめた。

発熱、汗、あえぎ、アフリカ、湖の近くとくれば少し標高は高くて蚊帳の普及で減ったとはいえ、まずはマラリアを疑う。しかしマラリアならこの村の準医者がとっくに診断して治療しているはずだ。耐性マラリアだとしたら脳炎になるか貧血が進行して生きてはいない。エイズ、結核、肺炎、原虫の感染、あるいは進行がんがあるのかもしれない。

僕はチーフの顔のほうへ回った。チュワ語はしゃべれないので英語をタラが通訳した。呼吸が荒くはやい。脈もはやく汗が指さきに伝わってきた。チーフは僕の診察を歓迎していなかった。腹部を押したが、圧痛があるのかは不明で、腫瘤は触れなかった。呼吸音を聞きたかったので耳を胸にあてたがうまく聞き取れなかった。

日本なら採血、血液培養、検尿、腹部エコー、胸部レントゲン、心電図、心エコー、場合によっては全身ＣＴをとって胃カメラをすればなにかがみつかるのだが——。

僕はタラと向き合った。

「マラリアなら治療ができます。診断はしているはずだけれど、血液をみるだけでいいので診療所のメディカルアシスタントに確認をしたほうがいいと思います。この汗と呼吸数をみると全身の感染症、肺炎の可能性はあるので、抗生剤を使ってみていいのではないですか」

「抗生剤は私が持ってるわ」

小さな声で僕はつづけた。

「郡病院へ行かないんですか。郡病院でも胸のレントゲンはとれるはずだけど。点滴の抗生剤が使えるし、そこでも難しければブランタイヤのＱＥに送ってもらえるかもしれない」

デイブが口を開いた。自然を愛する寡黙な英国人の声には誠実なひびきがあった。

「僕は何度も見ているけれど、患者がものすごく多くて、庶民はろくに診てもらえないんだ。そこで死んだらほったらかしだよ。家族がここまで運ばなければならない」

ＱＥに勤めていた頃、日本から無償で供与された救急車が死亡患者の自宅への搬送に使われていると知って、救急車を何に使うのだと憤りを感じたものだ。しかしデイブの話を聞くと立派に役割を果たしていたことになる。

「チーフは家で死にたがっている。家族もそれを望んでいるよ」とデイブは静かに言った。

「モルヒネはないけど、立派な palliative care がこの村にはありますね」

僕の言葉にデイブは静かにうなずいた。

緩和ケア――、チーフは愛する妻に体をさすられ、生まれた自宅で、村人やタラやデイブのような友人にも心をかけられながら死を待っている。人類が太古から自然に受けいれてきた人生の最後がはじまっている。

家をでるとすっかり日は落ちてあたりは真っ暗だった。この村には電気はない。子どもたちが僕らの周りに集まってきた。フラッシュをたいて何枚か写真をとると大喜びだ。

「ドクター、ここで医者をしませんか」とタラが言った。「この村には医者がいない。もう一度どうですか。可愛い女性はよりどりみどりよ」

カメラから目をはなすとタラの瞳が僕を見ていた。

「あなたはいい人。昔のように、たとえば日本の病院を引退したあとにきませんか。大歓迎しますよ」。彼女は笑っていたが目は真剣だった。

「楽しそうだね」

「そうよ。楽しいわよ」

ほんとうに楽しいだろうな。純朴な村人や子どもたちに囲まれて医療を行うことの喜び。病気の人たちを治療し、患者が元気になり、ありがとうと言われる。この村で子どもたちは大人になり、家族を持ち、しだいに老いて、家族や愛する人たちに囲まれて生涯を終える。なにもホスピスや緩和病棟などに頼らなくても、この村の匂いや思い出のなかで、家族、村人、そして裏の山に眠る祖先の霊に見守られていること自体が緩和なのだ。疼痛を和らげるオピオイドなら日本から入手すればいい。そんな人々とともに自然の風のなか、夜空の星のなかで、自分自身も老いてゆく。一九二六年にこの地を訪れ、昆虫学の研究と村人の治療をつづけたウイリアム・ランボーンが、ロンドン熱帯医学校の学部長の職を断ってこの地にとどまった気持ちが伝わってくるような気がした。

チーフの死を知ったのは日本に戻って一週間ほどたってからだった。長崎に帰った原間さんがメールで教えてくれた。

自宅で診察したときチーフの息は荒く体は熱く、とても苦しそうだった。それは安らかな終末期と言えるのかどうか分からない。しかしチーフは僕の診察を歓迎せず、自分の意志で最後まで闘っているように見えた。その体を妻はいつまでもいつまでもさすりつづけていた。彼は自分が生まれ育ち家族と過ごした自宅で妻と愛する子どもたち、友人、村人に囲まれて九十数年の人生を終えた。そこには見事に描かれた人生の物語の完成をみる思いがする。そしてその最後に関わることができたことに心が洗われたような気持ちになった。

僕は直接タラにメールした。どうしてもチーフが亡くなったあとのことを知りたかった。タラのメールからはチーフへの愛情が伝わってきた。

「Dear Chu、あなたがいうようにチーフの人生は美しく彼の死も美しいものでした。チーフの葬式に出席しましたが、それは私の人生のなかでとても感動的な経験の一つとなりました。ヤオ・イスラム文化では男性と女性の役割は分けられ、私は埋葬には立ち会えませんでしたがデイブは出席しました。埋葬はチーフが亡くなった翌日に行われました。参列者は彼の家で三日間を過ごしました。女性は家の中で男性は外で過ごすのです。彼が亡くなった夜には焚火が家の外で燃え上がり、男たちは火を囲んでチーフが生前に村のためにしたことを語り明かし、女性たちは主にチーフを慈しみ、その死を悲しむのです。その三日間が終わると、司祭のお祈りの儀式が執り行われました。そして村人はチーフの家からみんな去っていきました。

私はナースとしてホスピスで亡くなっていく人々をケアする仕事をしていた時期があります。ホスピスでは患者さんたちが安らかに人生の終わりに向かうために、病院では困難なさまざまなアプローチをしますが自宅の代わりにはなれません。私は長年そこに勤めていたナースの言葉をよく覚えています。彼女は言いました。『タラ、人は生きてきたように死ぬのよ。自分の心に素直でない生き方をした人は、人生最後の数日にも怒りと苦しみを捨てきれずに死んでいくわ。自分の心に素直で自分自身に正直だった人は、死を受け入れ苦しみを克服することが難しくないの』

あなたも知っているように私の母は二〇〇九年の三月に膵臓がんで亡くなりました。母は口腔外科医なのに（だからこそ！）病院を嫌いました。母が自宅で亡くなるためにしてきたことは、私の人生でもっとも美しく、もっとも辛い経験となりました。母は二年間の自宅での闘病生活の後に自分のベッドで愛と優しさに囲まれて死にましたが、その間、ケープタウンの病院に治療のために三回だけ短い入院をしただけです。

愛する人の死に向きあうことは難しいことです。母の友人や家族は死について語ることができませんでした。私たちは母に少しでも長く生きてもらおうと医者が治療をあきらめた後も代替医療を試みたのですが効果はなく、私たちも母も希望を失い、母が闘いに敗れていく苦しみをどのように癒せばいいのかと悩みました。

母が死ぬ数週間前から、私は誰もが寝静まってから母のベッドに入り母の希望や恐怖についてともに語り合いました。母が心配なことを話すときには手を握り合い、涙を流したのと同じくらい笑いました。そして私たちは一緒に彼女の葬儀の計画をたてたのです。母は実践的な人で何事も常に計画どおりにしてきた人なので、事前に準備をすることで彼女は安らかな気持ちになれました。同時に、母は自分の死後、家族が悲しみにくれて葬儀を行わなければならないことをひどく心配していました。深い悲しみは身体を麻痺させます。母と話しあった、そして彼女の家族への気配りが宿った葬儀の計画がなければ、私は母の死後に何も手につかなかったと思います。棺を鮮やかな色に塗ることを決めました。友人の一人は母が亡くなる一週間前に飾り気のない松の棺をつくってくれ、画家の友人は希望の色とりどりのペイントを集めるのを手伝ってくれました。

私は将来、私の愛する人たちが旅立つときには、母にしたのと同じようなケアをすることができることを望んでいます。Much love, Tara」

タラから便りを受け取った翌朝、僕は新しく勤務をはじめた病院で最先端の医療を受けることのできた日本の老人の死に立ち会った。

病棟に行くとナースに呼びとめられ、担当ではない患者の死亡確認を頼まれたのだ。主治医は出張で不在だった。初めてみる九四歳の老人は彫の深いきれいな顔立ちだった。妻と三人の子どもたちがベッドサイドで老人を取り囲むように立ち尽くし涙を浮かべていた。

体には八本の管が入っていて、壮絶な闘いを最期まで行ったことを物語っていた。それともそうすることが主治医にとってもっとも楽な治療だったのかもしれない。チューブの挿入を研修医に練習させる配慮があったのかもしれない。

死亡時刻を告げたのちに家族に部屋を出てもらい、鼻、胃、左右の内頸静脈、気管、胸腔、腹腔、尿道のチューブを抜きながら、マラウイのチョウェイ村の終末期のチーフを思い出した。発汗し、うめきつづける彼のそばには妻が座って体をさすりつづけていた。

この老人の妻と子どもたちは最期の瞬間に老人の体をさすってあげたのだろうか、そのような助言が主治医から家族にあったのだろうか、気の利いた看護師が言葉をかけてあげたのだろうか……、自分自身が患者の家族に言ってこなかったことが気になってしかたがなかった。

† 心に生きつづける命

「待ってるわ。ドクター」

タラに何度も言われて、定年退職したら再びアフリカへ戻ろうかな、こんな田舎で住民を診ながら、子どもたちの笑顔や、陽気であけすけな村人とともに、青空や星空や闇夜を歩くタイガーの光る目にときおり遭遇しながら余生を送るのも楽しいそうだな、心底そんな気になってきた。

タラとデイブ、昨夜着いたタラの父と妹、そしてもう一泊する原間さんに見送られてロッジをあとにした。

児島さんと僕は山をくだった。抜けるような青空と遥かなる高原のなかを、車はマラウイ湖畔の小泉さんの慰霊碑があるマリンディへ向かった。

途中の村で協力隊の若者を乗せた。村の中学でアメリカの平和部隊の隊員と一緒に教師をしている美島という青年で、リロングウェに用事があるので児島さんの車に乗せてもらえないかと頼んだのだ。携帯電話を全隊員が持ち、固定電話を共有していた僕らの時代とは大変な違いだ。美島くんは米国の大学を出たばかりで英語が堪能、協力隊の任期も少なくなり帰国後はどうしようかと悩んでいた。児島さんからは「あなたは子どもが好きみたいだし、まだ若いから医学部に行ったらどうよ」とけしかけられていた。

道路のわきをときおり近くの村人が歩いているが、女性はチテンジをまとって昔ながらの姿。中には裸足の人もいるけど、「かれらは靴をもっているのよ。裸足が気持ちいいから裸足で歩いているの。貧しいって日本人は誤解するけど、ちゃんと靴はもってます」と児島さんの講義がつづいた。しばらく行くとマリンディという標識があらわれ、そこを右折した。

木立の生い茂るダートな道にはいった。小泉さんが勤めていたのはミッション系のセント・マーティン病院で、教会からの寄付金で運営されている。美しい湖に面した病院に至る道は緑の木々が強い日光を和らげて涼しげな陰におおわれていた。

「僕が隊員のときに慰霊碑が建ったんですよ」

「そうか。私は任期終了で帰国して、そのころペルーにいたわ。井上さんが医療調整員だったころね」

病院の敷地にはいると墓地があり白い十字架が目立った。

病棟の外の机では職員が集まり事務仕事をしていた。写真を撮るのに神経質な児島さんの手前「ムリバンジ」とあいさつをして、「コイズミ」というと彼らは心得ていて写真を撮らせてくれた。建物の間を抜けるとマラウイ湖が広がった。白い砂浜が広がり、椰子の木が茂り木陰をつくっている。二三年前に訪れたときは慰霊碑の周りはもっと広々と砂浜がひろがっていたような気がするのだが……。

椰子の木陰に立ってマラウイ湖を見た。ゆたかな水をたたえ抜けるような青空が湖面に映って美しい。内陸国のマラウイに海はない。マラウイ湖は国の潤いの象徴であり、淡水に棲息するカラフルな熱帯魚は世界でも珍しい。アパルトヘイトの時代には国交のあった南アフリカから白人の観光客がよく訪れていた。

「日本人ですか」

緑の病院の服を着た中年の女性が話しかけてきた。

「小泉さんと同じころＪＯＣＶで働いていました」

彼女の顔が輝いた。

「そうなの。お参りですか。あの日、私はここでみてたのよ」

「セスナが墜ちるのをですか」

「そうよ」

彼女の顔が曇った。

小泉さんは助産婦で二年の任期が終了し二〇〇キロ離れた首都リロングウェへの長距離バスに乗るためマンゴチへ行った。バス停の近くのレストランで知り合いの警察パイロットとばったり出会い、勤務した病院をマラウイ湖の上空から見せてあげると誘われ、彼女は固辞したがパイロットの熱意に押されてセスナに乗った。セスナはマラウイ湖上をマリンディの上空に向かった。病院の職員が見守る中をセスナは美しい円を描いて降下し、湖面すれすれに近づき、そして浮上しようとした。そのとき左翼が水面に触れ、バランスを失った機影は湖に墜落した。午前八時一〇分。目撃した漁師たちの丸木舟がただちに現場へ救助に向かった。

「パイロットは友達だったの。あそこよ」

職員は指でセスナが落ちた青い湖面を指差した。そこは頑張れば泳いでいけそうな距離だ。そして両手を広げ飛行機になって体をひねり左手を下げた。

「私たちがみている前で墜落したのよ。羽が水に触れたの。みんな大慌てで救助に向かったわ。ボートに乗せて帰ってきたわ。きれいな顔だった。まるで眠っているみたいだったわ。

私と同じ二八歳だったのよ」

そういうと彼女は当時を思い出すように口をつぐんだ。

慰霊碑は病棟の横にあった。紐がかかり洗濯物が干してある。

「慰霊碑の後ろの建物は何ですか？」

湖をじっと見つめていた彼女は僕をふりかえった。

「あれは古い産科病棟よ」

記憶がよみがえった。慰霊碑は小泉さんが二年間勤務した病棟の前に建てられたのだ。だから僕らが以前訪れたときには遮るものがなく、ひろい砂浜と湖を一望できたのだ。その後、慰霊碑の左手に新病棟が建ち視界が狭まっているのだ。

慰霊碑の日付は一九九〇年七月九日と刻まれている。

七月だったのだ。除幕式は協力隊員とＪＩＣＡの職員が集まって行われた。よく晴れた暑い陽射しの日だった。マラウイ湖はため息がでるように美しかった。都合のつく隊員は集まったが、小泉さんと同期の隊員はすでに帰国していた。ＪＩＣＡの職員の表情に笑顔はなかった。僕ら隊員は喪に服しながらも、普段は会うことのできない仲間との再会を楽しんでいたのかもしれない。

古い産科病棟にはいると、使われなくなったベッドが並び、湖から明るい陽射しがはいっている。ここで彼女は夢にみた途上国での助産婦活動を精一杯頑張ったのだ。看護隊員は患者と会話ができなければ仕事にならない。現地語に長け、地元の人々との絆も深くなる。

それだけに二三年を経た今でも鮮明に彼女の思い出を語る人がいるのだ。

僕らは職員に別れを告げて車に乗った。助手席に座った僕は後部座席に話しかけた。

「小泉さんの慰霊碑の前に立って感じたんだけど、亡くなった彼女の死を悼むというよりも当時を思い出したんです。一九九〇年の日本ではなく、マラウイの空気をともに吸い、同じ光景をみて、体験し、孤独や不安、そして希望や喜びを共有できた仲間たちのことが胸に浮かんできました。当時を知る人と現役の隊員と来ることができたのは幸せだなあ」

美島くんが後部座席から言った。

「薬師寺先生のいうこと分かる気がします。生意気かもしれませんが、それが供養になる気がするんです。僕らも赴任していきなりここへの巡礼でしょう。助産婦としてこの病院での活動はすごく大変で、でもやりがいがあったんだろうな、とかいろんなこと考えました。当時の隊員、それ以上に日本の両親や兄弟の悲しみを思うと辛いですね。慰霊碑ができたからって彼女の命がもどるわけじゃないけど、想いを重ねることのできる形があるのはいいですね」

セント・マーティン病院をあとにしながら児島さんが言った。

「マラウイへの協力隊派遣がつづくかぎり慰霊碑の巡礼はつづいてほしいわね」

車はマンゴチに向かう木立の茂る道にもどった。眼下に病院の墓地が見える。白い十字架を見ながら、僕はふとチョウェイ村で聞いたウイリアム・ランボーンを思い出した。母国イギリスでの名誉ある職を断り、愛するマラウイにとどまり、この地で七二年の生涯を終えた医学昆虫学者――。なぜだかこの道の先のマンゴチの外国人墓地に眠るウイリアムの魂は、安らで平和な眠りをつづけているような気がしてならなかった。命は人の心のなかに生きつづけるのかな、そんなことを思った。

日本を見たい、老人は末期がんの船乗りだった

マラウイを去る朝が訪れた。

JICAの月曜の朝は忙しそうで、児島さんはそそくさとオフィスに向かった。そのあとお手伝いさんに別れを告げ、ドライバーにカムズ空港まで送ってもらった。途中、道路沿いの露店で手彫りの動物を買おうと思ったが時間がなかった。町を出ると視界からビルが消え、草原と広大な青空が広がった。道を歩くマラウイアンは昔と少しも変わらない。児島さんに言われたとおりに空港でドライバーに財布に残ったマラウイ・クワッチャを渡すと、ハンサムな顔にニッコリと笑みが浮かんだ。

彼とは一週間、行動をともにした。僕の住んでいたニャンバドゥエの家を探す時や、はじめてローカルバスに乗って死ぬ思いをして真夜中に着いたサリマのバス停を探す時には、

横にいてくれて心強かった。

「民主主義になってマラウイもすっかり変わったね。僕の住んでいた家は大きな塀で囲まれていたし、リロングウェからサリマも今じゃ一時間半だよ。昔は四時間かかったというのに。僕は一〇時間かかったけどね」

「マラウイは変わりました。でもマラウイアンは変わっていません。あなたのいたころといっしょですよ。民主主義になって外国人が入ってきた。ザンビア、モザンビーク、ジンバブエ、彼らが悪いことをするんです」

「ジンバブエか、あの国は嫌な思い出があるよ。一九九〇年、マラウイでの活動が一年過ぎたころ、任国外旅行でビクトリアの滝をみに行ったんだ。首都のハラレは白人が多くてモダンでヨーロッパの都市に迷い込んだと思ったよ。街では宙に張ったロープの上を素足で歩く芸人が人を集めていた。街角に座る女性の物乞いが見事な讃美歌を歌ってお金をもらっていた。あれもストリートパフォーマンスだったのかもしれない。そのハラレで僕は真剣な顔で走り寄ってくる誠実そうな大学生の二人組にあったんだ。民主主義のための署名を集めてるんだ。彼らはそう言ってノートを差出しサインをもとめたよ。もう一人が首にかけたカメラをいいカメラだね、というので取られないように神経をとがらせた。そして風のように二人は走り去った。気がつくと腰に回したウェストバッグが開けられ、そこに入れていたドル紙幣が抜かれていたんだ。後を追おうにも彼らはすでに道路の向こう側さ。もう一度ウェストバッグをみると海外では紙切れのマラウイ・クワッチャだけが残ってたよ。貧乏旅行のバックパッカーから物を盗む賢い手口が気に入らない。ケニア、タンザニア、ザンビアへも行ったけど、物をとられたのはジンバブエだけさ。誠実な学生づらして民主主義の署名だと、笑わせるんじゃないよ。僕は民主主義とジンバブエは大嫌いだ」

「彼らはずるがしこいんですよ。マラウイにも悪い奴はいるけど、まだ分かりやすい」

「QEの玄関に止めてあった車のタイヤが四本とも消えていたのをみたことがあるよ。夜、家の窓を開けて寝たらカセットラジオがとられたことがあって、誰が取ったんだってメイドのマイさんに怒りをぶつけたら、窓を開けて寝たマスターが悪いのよ、と逆にしかられたよ」

「あの、写真のレディーですね」

「そうだよ。マイさんには会えなかったな」

「きっと田舎に帰ったんですよ」

「だといいけど」

　寿命の短いマラウイ人のことだからもう死んでしまったのかもしれない。三人の子どもがいたけど、ニャンバドゥエのかつての家の近くで住人に写真を見せても誰も知らなかった。

　僕が住んだ家はあったが治安が悪くなったのだろう、塀で囲まれマラウイアンが家を増築しすっかり様変わりしていた。僕の差し出した写真にバンボハウスの脇に立つマイさんの横にマンゴの木が写っていて、「ここよ、ここにマンゴはあったわ、とってもおいしいマンゴがなったの」とオーナーが大きな声で言って、そこがかつて住んでいた家だと分かったのだ。緑の茂った庭があり、鮮やかな色とりどりの小鳥が毎朝訪れ、そのさえずりで目を覚ましたものだが、その豊かな塀のないひろびろとした庭は消えていた。マイさんがメイズを植えて自分たちの食糧にしていた裏庭は子供用のブランコに変わっていた。

「彼女もカムズ・バンダを尊敬してたよ。批判する人もいたけど」

「わたしもバンダの頃がよかった」

「ブランタイヤで会ったおじさんも同じことといってたよ。マラウイ湖の近くの山の村人も同じだった」

「民主主義で物は入ってきてるけど、物価の上昇がすごいんです。給料はあのころよりもいいけどおいつかない。バンダ大統領のころは金持ちも貧乏人もあまり差がなかったんですよ。もっと人のつながりがありました」

「民主主義のシステムを作り上げ、その手段を持っている連中が得をしているだけだよ。チョウェイの村で村の長老を診察したあとに、宿に帰るときに、ボランティア合宿に参加するマラウイの若い人たちが山道を登っていたよ。キャンプをするそうで、イギリス人のジョンといういかにもアウトドアが好きそうな人の良さそうな青年が講師だった。聞いてみると、自分の考えを論理立てて話せる訓練だそうだ。NGOかボランティアかと思ったけど、彼はファーストクラスの飛行機で移動できるそうだよ。ビジネスじゃなくてファーストクラスだよ」

ドライバーと別れて一人になり、妻が欲しいと言っていたマラウイのTシャツをお土産に買って空港内にはいった。南アフリカと香港でトランスファーし成田へ向かう。南アフリカでの乗り継ぎが一時間しかないので座席は機内前方に取った。ヨハネスブルクについたら走ってイミグレに向かわなくてはならない。

機内の席に座ると、一九九一年三月に協力隊の任期を終えてマラウイから帰国したときのことを思いだした。

飛行機はブランタイヤのチレカ国際空港からだった。前日は協力隊のドミトリーに一泊し、マラウイを去る日には後輩の隊員たちが仕事を休んでピックアップで空港まで送ってくれた。お手伝いのマイさんも一緒に来てくれた。仲のいい友人たちに見送られて飛行機に搭乗するのは感動的で、胸がつまるような別れだった。

ザンビアのルサカに寄り、幸ちゃんの墓参りをして、エジプトへ向かった。バックパッカーの旅で同期の友人とピラミッドやルクソールの神殿を回ったが、第一次湾岸戦争が終結したすぐあとで観光客はガラガラだった。エジプトからスペインに飛び、妻とマドリードで待ち合わせ、ポルトガル、モロッコを観光して再びスペインにもどり、マドリードからイベリア航空で成田への帰路についた。

その機内で二時間ほど経過し昼食が終わったころ機内放送がスペイン語と英語で流れた。「お客様の中にお医者様がおられますか」、機内は空席が目立った。アナウンスに反応する乗客はいなかった。どうしようかなと逡巡していると、機内放送が繰り返され、隣に座る妻が手をあげて、「ここに医者がいます」とスチュワーデスに声をかけた。案内されて病人のところへ行くと、それは日本人の老人だった。痩せ細ったからだが痛々しかった。

座席の横には天井からおりている酸素マスクを手にしたスチュワードがしゃがんでいた。

僕を見あげて彼は言った。

「顔色が悪いので訪ねたんですが、この人はがんだというのです。これから日本まで大丈夫でしょうか。マドリードに戻る必要がありますか」

当時は小児科が専門で大人のがんは分からなかった。がんでも白血病なら大学病院で研修医のときにたくさん診た。毎朝血管の無くなった子どもたちの採血に汗を流した。白血病ならイメージがつかめる。マラウイにも白血病はいたし、バーキットリンパ腫も何人か診た。しかし大人のがんは見当がつかない。

「日本まで、あと何時間ですか」

「一一時間です」

老人はやせて顔色が悪い。隣に座るつきそいの青年に病状を聞いてみた。

青年は露骨に不愉快な表情を浮かべ流暢な日本語で答えた。

「父はがんの末期なんです。死ぬ前に日本をどうしても見たいというのです」

「あなたは、お子さんですか」

青年の髪は黒く、エキゾティックで端正な顔は日本とスペインのハーフだとすぐに分かった。

「父は船乗りだったんです。若い時にスペインに来て、そして母と結婚しました。母は亡くなって、父はがんになり、最後に生まれ故郷の日本をみたいといっているのです。死ぬのはさけられないのです。たとえ機内で息をひきとっても父はそれで本望です」

死ぬのは自由だが機内で死なれて困るのは、イベリア航空だろう。

スペイン人のスチュワードに僕らの会話は分からない。彼の顔が僕を覗き込んだ。

「大丈夫ですか？　機内で亡くなることにはなりませんか」

人生の最後に日本を見たいというのだ。若い時にスペインに流れ着き、スペイン人の女性と恋におち、結婚し、息子に恵まれ、人生を生き、そしてがんに蝕まれ、最後に故郷を見たいと息子と飛行機に乗り込んだ老人には、果てしないロマンの香りが漂っている。

それにしても顔色が悪い。僕は脈をとって言った。

「酸素を流しましょう」

スチュワードは手にした酸素マスクを軽く振って僕に確認した。

「いいですか」

「お願いします」と僕は答えた。

老人はマスクを嫌い外そうとしたが、ひとたびマスクをかけて酸素が流れると楽になったのだろう、もう外そうとはしなかった。

「日本までもちますか？」

カルテもレントゲンも血液データも紹介状もない末期がんの患者が、一一時間の飛行機に耐えられるかどうかなど分かるはずがない。飛行機はとっくに水平飛行に移っている。

僕が無理です、と答えれば飛行機はマドリードに引き返すことになる。仮にそうなれば二度と老人が日本に向かうことを航空会社は許可しないだろう。それいぜんに老人には自宅から空港にたどり着くだけの体力は残されていない。僕に彼の壮大なロマンに満ちた物語の最終符を握りつぶすことが許されるはずもない。

「大丈夫です。脈も規則正しく打っているし、血圧も安定しています」

いいながら、それがどうして一一時間の命を保障するといえるのだろうかと思った。

スチュワードはなおも不安な表情をしている。

「大丈夫です。僕が横につきます」

僕はバッグを妻の横の席から取ってきて、老人の隣の席に座り、彼の左手をとった。

一一時間のフライトの間、老人は一言も話さなかった。息子も多くを語りたがらなかった。

スチュワードに成田に着く前に救急車を呼ぶべきかと聞かれ、そうするように答えた。成田の検疫所に医者はいるが僕と同じで、内科の末期がんの患者の役に立つとは思えなかった。

老人は機外の通路に待機していた車椅子に崩れるように座った。後姿は小さく影は薄かったが、機内から出ていくときに僕を見た眼光は鋭く魂が宿っているようだった。

はなれていく影を見ながら妻が聞いた。

「お爺さん死んじゃうの」

「そうだね」と僕は答えた。

「でも、故郷に帰ることができたね」

スチュワーデスが白と赤のワインを両手にやってきて、「ありがとうございました」といって手渡した。スペイン、ポルトガルを回って、ちょうどセルビアの花祭りの最中でもあり、陽気なスペイン娘をたくさん目にしたあとだった。目の前のスチュワーデスも黒髪に黒目がちの瞳の情熱的な顔立ちのなかに親しみやすさがにじんでいる。若い船乗りが日本からの長い旅のはてにスペインの港町に着き、現地の娘と恋におち、再び船に乗ることもなくスペインで人生を送った。彼女を見ているとそんな物語がとても自然なことに思えてきた。恋という美しい思い出を胸に秘め、愛がつづいたのだろう。しかし異国での日々には辛いことや苦しいこともあったはずだ。日本の両親や兄弟や友人に会いたい、からからになるような望郷の念もあったに違いない。わずか二年間だがアフリカで暮らした僕には彼の気持ちがよく分かる気がした。

僕はふとバイクで三浦半島へツーリングに行ったときに立ち寄った、横須賀湾を望む丘の三浦按針の墓を思い出した。英国人の船乗りだったウィリアム・アダムズは日本に漂着し、家康の寵臣となり、日本人の妻をめとり、故郷に帰ることなく日本で生涯を終えた。丘では按針と日本人の妻お雪の墓石が寄り添うように立ち湾を見下ろしていた。按針はどんな思いで異国の海をみているのだろう。故郷ジリンガムへの望郷の想いなのか、それとも日本は彼にとっての故郷になったのだろうか。『さむらいウィリアム』の著者ミルトンは、お雪に出合った按針は彼女を本当に好きになったからこそ結婚したのだと書いている。

「これ機内サービスと同じワインだね。おいしいんだよ。今夜は宴会だね」と妻が言った。

「そう、帰国祝いだね」

「あなたは二年ぶり、あのお爺さんは何年ぶりかな」

「息子さんは二十代前半にみえるね。二〇年ちょっとかな」

息子が押す車椅子に乗った老人は明るい光の中へ吸い込まれるようにすすんだ。小さくなってゆく老人の背中に向かって僕は乾杯とつぶやいた。

二二年前、アフリカで二年間のボランティア医師の活動を終えて、僕はこんな風にして日本に戻った。

✝千寿さんの答え、人は生きてきたように死んでいく

マラウイを午後二時に出た飛行機は、南アフリカのヨハネスブルク国際空港に定刻通りに着いた。他の乗り継ぎの人たちとともに空港内を走りイミグレを通過し、時間に遅れる

ことなく香港行に乗ることができた。

香港空港ではシャワーを浴び、パソコンのメールを整理するのに十分な時間があった。日本行の飛行機に乗りこみ座席に着くと、機内サービスを待たずにアイマスクをかけマイスリーを飲み、深い眠りに落ちた。

成田には夜の八時二〇分に着いた。リムジンバスで六本木のハイアットホテルに行き、タクシーで自宅に向かった。外苑西通りにかかった青山霊園の陸橋のたもとのバス停でタクシーを降りてしばらく歩くと、なんとも懐かしい匂いにつつまれた。日本を出るときにはまだ蕾だった桜が満開で、自宅の周辺では夜桜が甘い香りを運んでいた。

翌朝は晴天で近くの青山霊園を散策した。桜を見に来た人たちでにぎわい、心のままにデジタルカメラやスマートフォンのシャッターをきっていた。僕はマラウイの写真がつまったままのルミックスで桜を何枚も撮った。墓石の中に立つソメイヨシノの淡いピンクの花弁は、風に揺れて麗しい春の到来を告げていた。

霊園の中央を貫いている道路脇の舗道は、見事な桜並木で白い花吹雪が舞っていた。外苑前の駅に向かって歩くと、左手に外人墓地が見えてきた。十字、平板、尖塔や自然石などの思い思いの形の墓石に英語やカタカナ、発音を漢字にあてた名前が刻まれている。幕末から明治にかけて日本の近代化に貢献したお雇い外国人の墓だ。宣教師、教員、外交官、商人やその家族の墓もある。二一〇の墓は歳月を経て家族や縁者も少なくなり、無縁仏になった故人も多いらしい。そんな墓石を見ているとここに眠る人たちはどんな思いで異国の日本での最後をむかえ、オランダ、スカンジナビア、フランス、ドイツ、イギリス、アメリカ、イタリアなど生まれ故郷への望郷の想いと、どのように向かい合ったのだろうかと思う。

すべてが誰かに用意されていた幼い日々の思い出は陽炎のようなものなのかもしれない。それに比べると、自分の道を決め、自分なりの生き方をし、自分でつくりあげた人生の風景には確かな手触りがある。自分の仕事が認められ、必要とされて海を渡り、情熱を注ぐことのできた異国の日本を故郷と心に決めた人も多いだろう。人は生きてきたように死ぬのであれば、彼らは幸せを実感し永遠のやすらかな眠りについたと思いたい。

外人墓地の入り口には石原慎太郎都知事の顕彰碑があり、彼らの偉業と功績をたたえ都が管理していくことを宣言している。顕彰碑の両脇には低いレンガ造りの塀がある。腰かけて二二年ぶりに訪れたマラウイの旅を思った。

再会したボーグステンの故郷はオランダだが、彼女はオランダを離れ五〇年ものあいだアフリカのマラウイで働き、終の棲家をブランタイヤ郊外の山の家と決めていた。息子のエリックも故郷はマラウイと言い切った。僕の赴任中に亡くなった三人の青年海外協力隊員は、遥かなるアフリカの地で永遠の眠りについている。旅の最後に訪れたナミジムのチョウェイ村では、イランから亡命したミノーの娘タラがロッジを経営していた。彼女のロッジの最初の住人であった医学昆虫学者のウイリアム・ランボーンは、ロンドン熱帯医学校の学部長の誘いを断って、イギリスに帰ることなく彼が愛したマラウイで一九五九年に亡くなり、湖の近くのマンゴチの墓に眠っている。

青山霊園は緑が多く、桜が咲き誇り、東京のど真ん中というのに大きな広々とした青空があり涼しい風がながれていく。かなたに視線を投げると早春の空を背景にミッドタウンが桜の枝の合間に見えた。

この世に生をえて、人生を生きて、そして人は死を迎える。その最期はさまざまだが日本では八割近くが病院で最期を迎え、無意味で本人のためと思えない延命治療はいぜんとして多い。そんな医療費を、家計を切り崩して支払っている家族が気の毒に思えてならない。欧米では在胎二四週未満の低体重出生時の救命は慎重に行われ、両親と医者の話し合いで救命後の中止も行われて、医者が延命を強要すべきではないとされているようだ。

税金は国家の基盤づくりに優先で使われるべきで、生活保護や老人医療の無意味な部分をカットし将来の日本を支える子どもへの再配分が必要なはずだ。子どもの貧困解消、母親が就労するための環境づくりは急務だ。治療すればするほど儲けのでる医療制度の恩恵で、膨大な利益を得ている薬品会社や医療品、胃瘻の業者にとって終末期の延命は金のなる医療政策なのだ。マスコミが企業への聞き込みをしないのは、彼らが疑問を持たないのか、それとも大きな勢力から待ったがかかっているからなのだろうか。

患者にリビング・ウイルを託されて人間としての尊厳を尊重し、苦しみを救ってあげようとした医師が、相談する同僚もなくマニュアルもない孤独のなかで気管内チューブを抜いた事例を、殺人と断言する検察の根拠は世界の終末医療の常識に透かしてみればあまりにも稚拙だ。裁判で有罪判決をつづける日本の司法に倫理は存在しないのか、それとも彼らは権力の衣をまとっただけの「うつけ」なのだろうか。いまだに臨床の現場で使えるマニュアルを用意できず、終末期の患者に気管内チューブを留置し、死よりもつらい苦しみを与え続けている医学界に、医は仁術などと語る資格はない。

プライマリ・ケア連合学会が立ち上がり、認定医制度や指導医取得のためのセミナーが盛んで、今まで窓際だった家庭医や総合医の先生たちが元気になり、テレビでは病名推理エンターテイメント番組が放映され、総合診療医の先生たちがタレントのように輝いている。老人や寝たきりで病院のベッドがパンクし、医療財源が枯渇しはじめて窮地に立たされた政府が、在宅診療を強化し在宅死を推進する医療政策の大変換に着手したためだ。僕も仕事にあぶれないようにあわてて認定医の試験と指導医講習を受けたが、自宅で死ねばいいという安易な舵取りで解決するとは思えない。延命の苦痛から解放されたい人に安らかな死を提供するような仁術を検証すべきだ。いつになれば日本の医者が人間として、苦しむ患者の気管内チューブを家族の前で自然に抜くことができる日がくるのだろう。

僕は霊園の幻想的な桜並木を歩き自宅への道をもどった。十字路に着くと角には真白な桜が咲いていた。右折し表参道方面へ歩をすすめた。墓地に沿って走る外苑西通りの上の陸橋を歩きながら振り返ると桜の木々の端に東京タワーが見える。一九五七年に着工し、東京湾の近くに建ったオレンジの塔がビルの合間にすっくと立つ姿は、潤いと気品があって何度みても見飽きることはない。

陸橋の上を爽やかな春の風が流れていった。

四年前に奄美大島ではじめて在宅死を診断した千寿さんの言葉を思い出した。

「ぽっくり逝ける人はいいねえ。ぽっくり逝きたいね。何も苦しむことがないからねえ」

二週間前の訪問診療のときに、僕はカルテに彼女の言葉をそのまま書いていた。家族もなく独居での死ではあったが、朝には近所の人に見つけられ、東京のような都会で増えている孤独死とは違っていた。三九六人の患者とその介護者を対象に行ったZhang Bの二〇一二年の研究によると、人生最後の週のQOLは入院することと集中治療室にいることで悪化するということだ。膵臓がんの母を自宅で看取ったタラは「人は生きてきたように死ぬ」と教えてくれた。

千寿さんの子どもたちや孫たちは内地にいたが、奄美の彼女の周りには毎日顔を合わせ、話をする人たちがいた。医師や看護師や薬剤師も訪問診療で彼女の家に通っていた。何よりも彼女は嘉鉄の集落で生まれ、育ち、生きた。その生き方と彼女の死は無縁ではない。四年の歳月を経て、僕は彼女の死にたいする答えがみつかったような気がした。心不全で亡くなった千寿さんは、望みどおり幸せな最期を迎えたのだ。

霊園で桜を撮った日の夜、僕は自宅の部屋にこもって気に入った写真を何枚か選び、メールに添付してマラウイのボーグステンに送った。

その後のタラからのメールでは八八歳になったボーグステンは大腿骨折をしたが、それも回復して、今は杖を突きながら、息子のエリック、妻のソフィア、そして孫娘に囲まれてにこやかな笑顔だったという。

桜は不思議だ。咲き誇る花は必ず萎れて散って葉桜となる。冬には寒々とした枝だけなのに次の年には蕾をつけ再び満開の花を咲かせる。よく見ると四つか五つの花の塊が集まりまるで家族のように枝いっぱいに咲き誇る。美しいだけではない、毎年繰り返される桜の命の不思議に僕らは魅せられ生命力をもらうのだ。今度の三月にはボーグステンの好きな桜を背景に、妻と並んだわが家の写真を封筒に入れ、手書きの便箋を添えて送ろうと思った。

著者略歴

八幡　宙（はちまん　ちゅう　ペンネーム）

佐賀県出身、福岡大学医学部卒。九州大学病院小児科で研修後、系列病院で勤務し、青年海外協力隊に参加、アフリカ・マラウイ共和国のクイーンエリザベス中央病院で 2 年間小児診療を行う。帰国後、国立南福岡病院を経て、国立国際医療センターに就職し、WHO, ユニセフとともに世界ポリオ根絶活動を行う。順天堂大学で医学博士を取得し、その後、東京大学大学院の主任准教授を務めた。2009 年より奄美大島で離島医療に携わり、現在は臨床医として病院勤務。著書に『小児科医、海を渡る』（いそっぷ社）。

死なせてもらえない国・日本

定価（本体 1,800 円 + 税）

2014 年 11 月 29 日　第 1 版　第 1 刷発行

著　者　八幡　宙 ©

発行者　藤原　大

印刷所　ベクトル印刷株式会社

レイアウト・デザイン　株式会社パピルス

発行所　株式会社 篠原出版新社

〒113-0034　東京都文京区湯島 2-4-9 MD ビル

電話 (03)3816-5311(代表)　郵便振替　00160-2-185375

E-mail：info@shinoharashinsha.co.jp

ISBN 978-4-88412-378-9

Printed in Japan